anacaona
JUNIOR

# Les livres de Sayuri

Lucia Hiratsuka

Illustrations de l'auteure

Traduit du brésilien
par Paula Anacaona

# Sous terre

Cela ressemblait à un enterrement. Pourtant, personne n'était mort. Dans le jardin, le soleil tapait violemment sur le trou creusé sous l'avocatier. Les poules picoraient avec frénésie le monticule de terre, comme si elles avaient découvert une mine de vers de terre. Les nuages se déplaçaient avec paresse. Pas de signe de pluie. S'il pleuvait, tout serait reporté au lendemain.

*

Nous avons déjeuné en silence. Seul résonnait le bruit des cuillères heurtant les assiettes. Mes parents mangeaient en regardant droit devant eux. Ma sœur Emiko aussi. Seul Yukio, mon frère, semblait manger avec appétit son plat de riz, de *feijão*[1] et de citrouille cuite. Mais la viande séchée était dure comme de la semelle et la citrouille trop salée – maman devait avoir la tête ailleurs en préparant le repas.

1 Haricot noir, base de l'alimentation brésilienne, souvent servi avec du riz.

– Ça y est ? Fini ? a demandé mon père en se levant le premier.

Yukio et maman sont allés dans la pièce principale. Je suis restée débarrasser les assiettes et les casseroles.

– Sayuri, viens m'aider à tirer l'eau du puits.

Le puits est un peu éloigné de la cuisine. Quand le seau descend, attaché à la corde, il se balance, léger comme l'air. Mais c'est beaucoup plus dur pour le remonter. J'ai essayé un jour et je n'ai pas réussi. C'était trop lourd !

Emiko a transvasé l'eau du seau dans un bidon en fer-blanc qu'elle a porté jusqu'à l'évier, sous l'appentis collé à la cuisine. Il n'y a pas de mur, juste un auvent en tôle de zinc.

J'ai mis la vaisselle dans la bassine. Emiko a versé un peu d'eau et a pris l'éponge savonneuse.

– Va finir de ranger.

Nos tâches terminées, nous sommes retournées dans la pièce principale. Sur un mur, les portraits jaunis de nos grands-parents, les parents de ma mère, qui sont morts. Un peu au-dessus, l'autel avec les offrandes pour les dieux. Et sur l'autre mur, l'étagère presque vide. Débarrassée de tous ses livres… Ne restaient plus que la vache et la tortue en bois sculptées par papa. Et la lanterne.

Mes parents empilaient les livres dans un coffre tapissé de paille de maïs et de vieux journaux.

– Où sont vos livres ? a demandé maman.

– Viens, Sayuri, a ordonné ma sœur.

Nous sommes allées dans notre chambre. Emiko m'a passé les livres de notre étagère. Les adultes restaient silencieux, mais moi j'avais tellement de questions à poser ! C'était comme si j'avais une graine de kaki[2] coincée dans la gorge : les questions ne sortaient pas.

Nous allions enterrer tous nos livres. Plus aucun ne pouvait rester à la maison. Aucun.

Nous sommes revenues avec une pile chacune.

– Ah, tout ça ? Est-ce que cela va tenir ? a demandé ma mère en nous voyant revenir.

J'espère que non, j'espère que non, ai-je prié intérieurement. Mais cela n'a servi à rien. Une petite place ici, une petite place là, et ils ont tous tenu dans la caisse, recouverts de vieux journaux et de paille.

Je suis allée dans la chambre de mes parents. À côté de leur lit, sur la caisse d'oranges qui leur servait de table de nuit, les livres avaient disparu. Il n'y avait plus que la lanterne et la bougie, dans son

2 Fruit orangé qui ressemble à une tomate un peu molle. Il est très sucré et riche en vitamines. Il est originaire d'Asie, mais il est aussi cultivé au Brésil.

bougeoir rond en fer-blanc. Je suis revenue dans la pièce. Papa finissait d'enfoncer les clous pour fermer la caisse.

– Yukio, tiens l'autre côté.

Maman et Emiko nous ont aidés et nous avons emporté la caisse dehors. Sous l'avocatier, les poules et les poussins continuaient à picorer tranquillement. J'ai tapé dans les mains pour les éloigner, et elles se sont enfuies vers le goyavier, là où il y a ma balançoire.

Une cigale s'est mise à chanter. Où se cachait-elle ? Son crissement strident semblait désespéré.

– Avons-nous raison ? a demandé ma mère d'une petite voix.

Elle devait porter en elle ce doute depuis l'heure du déjeuner, ou depuis le moment où elle préparait le repas, ou même depuis le matin. Ou peut-

être même depuis hier. Papa a mis la caisse dans le trou, s'est emparé de la pelle et a commencé à la recouvrir de terre. Et la caisse a été enterrée. Comme on enterre un mort. Ou bien comme on enterre un trésor ? Les morts ne reviennent pas. Et les trésors ? Reviennent-ils un jour ? Comme dans les histoires de trésors cachés ?

– Nous les déterrerons bientôt, a murmuré mon père.

– J'espère, j'espère... Bientôt, a répondu ma mère d'une voix faible.

– Quand la guerre sera finie... a commencé papa, avant de s'interrompre.

La guerre. Cela faisait un moment que ce mot était entré à la maison. Comme un fantôme. Papa dit que les fantômes n'existent pas, mais je meurs de peur. Je crois qu'ils viennent le visage caché, sans prévenir. Quand les adultes parlaient de la guerre, ils parlaient tout bas pour ne pas être entendus.

– Est-ce que quelqu'un va mourir ? ai-je demandé, dévorée de curiosité.

Mes parents ont fait une drôle de tête – la tête de ceux qui ont entendu quelque chose qu'ils n'avaient pas envie d'entendre.

– Personne ne va mourir. La guerre se passe à l'autre bout du monde, a affirmé mon père.

À l'autre bout du monde ? Mais si elle est à l'autre bout du monde, pourquoi cacher les livres ? Pourquoi les enterrer comme des morts ? Non, maman dit que les morts ne restent pas sous terre. Ils vont ailleurs. Les livres, eux, resteront là, à la même place. Et s'il pleut ? J'ai eu envie de demander, j'ai regardé mes parents, mais ils faisaient la tête des adultes qui n'ont pas envie de parler.

La cigale a continué à chanter pendant un bon moment. Puis le soleil s'est caché derrière les eucalyptus, les poules sont allées dormir, et la nuit est tombée, pointillant le ciel d'étoiles – d'abord une, ensuite une poignée, enfin une multitude…

C'était l'heure d'allumer la lanterne. Lorsque la nuit tombe, la lanterne est ma meilleure amie, elle éloigne un peu l'obscurité. Surtout à l'heure de faire pipi, car les toilettes sont dehors, dans une petite cabane. À chaque fois, j'ai une de ces peurs…

J'ai continué à penser aux livres sous terre. Emiko est allée se coucher tôt, Yukio est allé dans sa chambre. Maman, dans la pièce principale, tressait les brins de jonc... d'un côté, puis de l'autre, et elle fait naître la sandale. Mon père a pris un morceau de bois et a commencé à le sculpter. Toc toc toc… mêlé au tic-tac de l'horloge. Et demain ? Que se passera-t-il ?

# Un livre rien qu'à moi

Je ne veux pas que mes parents l'apprennent. Ni mon frère ni ma sœur. Personne à la maison ne doit savoir que j'ai caché un livre. C'est tellement agréable d'avoir un livre rien que pour soi ! C'est comme trouver un escargot caché dans une feuille de laitue et décider : cette petite bête est à moi, et à personne d'autre.

Si je confie mon secret à Yukio, il pourrait le dire à nos voisins. Et je n'ai pas envie de le dire à ma sœur, Emiko. Elle veut toujours commander. « Sayuri, fais ceci ! Sayuri, pas comme cela ! » Parce qu'elle a le double de mon âge, elle se croit une adulte.

Si elle savait que j'ai caché un livre, elle dirait certainement : « Comment ? Tu n'aurais pas dû. N'as-tu pas entendu ce que papa a dit ? Que nous ne pouvons plus avoir un seul livre à la maison ? »

Le livre était à ma mère. Elle m'avait promis qu'un jour, il serait à moi. Le livre de maman était déjà un peu à moi, et il est devenu entièrement à moi. À personne d'autre.

*

Ma mère mettait de l'ordre dans la malle de sa chambre. Un grand bahut fourre-tout, profond, fait en paille de bambou, où elle range les vêtements, les nappes, des portraits, des poupées *kokeshi*[3], et quelques livres. J'étais à côté d'elle, et lui avais demandé :

– Maman, et ce livre ?

– Oui ?

– Tu ne me l'as jamais lu.

Maman avait fini de plier la chemise à carreaux de papa, l'avait rangée avec les autres vêtements et s'était arrêtée. Elle avait pris le livre et s'était mise à caresser doucement sa couverture épaisse, couleur rouge brique.

– C'est ma mère qui me l'a offert.

– Mamie ?

– Oui, elle me l'a donné quand je suis passée en troisième année de primaire. J'étais tellement contente quand je l'ai ouvert ! J'étais en train d'apprendre à lire.

Maman s'était arrêtée un instant puis avait continué d'une voix plus triste :

3 Petites poupées traditionnelles japonaises faites en bois, arrondies, sans bras ni jambes.

– Ta pauvre grand-mère... Nous lui avions promis que nous reviendrions. Au bout d'un an, nous n'étions pas revenus. Ni au bout de deux, ni au bout de trois… Elle est morte sans me revoir. Et ton grand-père l'a suivie peu après…

J'avais entendu cette histoire si souvent… À chaque fois que maman parlait de ses parents, elle devenait triste. Et je ne voulais pas la voir triste. Je voulais en savoir plus sur le livre.

– Et quelle histoire il y a dedans ? Tu ne vas pas me la lire ?

– Non, celui-ci, tu le liras toute seule.

– Mais je ne sais pas lire !

– Justement. Quand tu apprendras, ce livre sera à toi.

– C'est vrai ?

– Pour l'instant, il reste ici, bien rangé.

Ma mère l'avait mis à l'intérieur de la malle, entre deux autres très épais à la couverture sombre. Elle pourrait me le donner dès maintenant ! avais-je pensé. J'allais bientôt entrer à l'école.

Je serais d'ailleurs en train de le lire s'il ne s'était pas passé ce qui s'est passé.

J'ai eu brusquement un peu peur. Papa ne l'a-t-il pas répété à maintes reprises ? Nous ne pouvons avoir aucun livre à la maison.

Il fallait que je trouve une bonne cachette. Mais où ? Peut-être valait-il mieux l'enterrer ? Ah, non ! Ça non !

*

J'avais tout entendu, cachée dans le couloir. Je sais très bien que quand les adultes parlent tout bas, c'est pour que Yukio et moi n'écoutions pas. Mon frère a dix ans, alors parfois ils le laissent écouter. Mais moi ? Ils m'envoient tout de suite dans ma chambre. Quand est-ce qu'ils me diront les choses ? J'aimerais bien être comme Emiko – elle, oui, elle est au courant de tout, même de ce qui se passe à l'autre bout du monde. Alors, comme personne ne me dit rien, la seule solution, c'est d'écouter en cachette.

Cette nuit-là, je savais qu'il se passait quelque chose. Et, vu comment les adultes chuchotaient, ce devait être quelque chose de grave. Je suis restée collée au mur, silencieuse, dans l'obscurité, écoutant mon père, ma mère et Emiko. De quoi parlaient-ils ? Je n'arrivais pas à bien entendre, il fallait que je me rapproche…

– Tu crois qu'ils peuvent venir ? Dans un endroit aussi reculé qu'ici ?

J'ai reconnu la voix de maman.

– Apparemment, oui, a répondu mon père.

Les hommes inspectent les villes les unes après les autres, les maisons les unes après les autres.

– C'est vrai, papa ? Ce ne sont pas des rumeurs ?

– C'est ce qu'on m'a dit en ville. Les soldats fouillent les maisons… S'ils trouvent des armes, bien sûr, ils les emportent. S'ils trouvent des livres, ils brûlent tout.

– Papa, nos livres n'ont rien d'extraordinaire !

– C'est le problème : comment pourraient-ils le savoir ? Ils sont écrits en japonais…

– Que faire alors ? Où les cacher ? a demandé ma mère d'une voix craintive.

– Il faut les enterrer.

– Les enterrer ? Et pourquoi ne pas les cacher dans la grange à maïs ? a proposé Emiko.

– Non, ils peuvent fouiller là aussi. Apparemment, à la moindre suspicion, ils peuvent nous jeter en prison. Nous les enterrerons demain.

– Ne vaut-il pas mieux attendre un peu ? Voir comment évolue la situation ? a demandé ma mère.

– Demain. Nous les mettrons dans une grande caisse et les enterrerons, a décidé mon père.

Et le livre qui devait être à moi ? Non ! Je ne voulais pas qu'il l'enterre. Pas question ! Je suis allée dans la chambre de mes parents sur la pointe des pieds. Il fallait vite le prendre avant que papa et maman viennent se coucher. En ces moments-là, j'aimerais avoir des yeux de chat pour voir comme eux, dans l'obscurité.

Heureusement que je savais où il était ! En tâtant, je l'ai trouvé, exactement comme ma mère l'avait laissé, entre les deux gros livres. Je l'ai emporté dans ma chambre. Et je l'ai caché rapidement sous mon matelas avant qu'Emiko vienne se coucher elle aussi.

Je n'ai rien fait de mal. Pourquoi attendre ? De toute façon, ce livre allait être à moi, maman me l'avait promis. Car une fois enterré, que se passera-t-il ? Papa dit que les livres reviendront. Mais quand ? Quand les adultes disent « un jour », cela peut prendre beaucoup de temps, ou même ne jamais arriver.

さくら貝

# Le goût de chaque chose

« Il n'y a pas que la nourriture qui a du goût ! » répète tout le temps maman. Se faire gronder a le goût du kaki vert. Faire un câlin a le goût du kaki bien mûr. Être en colère ? Le goût de l'aubergine cuisinée avec du tofu. Papa dit que c'est délicieux, mais je ne suis pas du tout d'accord avec lui.

Le goût d'une chose qui n'est qu'à moi, avoir un livre pour moi, le regarder uniquement quand il n'y a personne à la maison. Quel goût cela a-t-il ?

*

Lorsque toute la famille sort pour travailler, la chambre que je partage avec Emiko est à moi. C'est là que je peux ouvrir le livre. Le tourner page après page. Tous ces petits traits. Il doit y avoir tellement d'histoires… Seront-elles plus jolies que celles que maman m'a déjà lues ?

Maintenant que les livres sont sous terre, maman ne peut plus me lire d'histoires. Elle me lisait des livres quand les petites bêtes dormaient.

Je parle des vers à soie que mes parents élèvent dans la magnanerie[4]. De vrais gloutons ! Ils sont tout petits, mais ils ont une faim de gros animal. Ils mangent en permanence, toute la journée et toute la nuit. Mes parents doivent leur donner à manger le soir et tôt le matin. Que des feuilles de mûrier. Ils grignotent les feuilles avec tellement d'appétit qu'ils font même un petit bruit.

Après avoir mangé cinq jours sans s'arrêter, ils dorment deux jours d'affilée. La magnanerie et la ferme deviennent alors complètement silencieuses. C'est là que j'en profite, car maman a plus de temps :

– Maman, tu me lis une histoire ?

Mais elle doit faire la lessive, préparer le repas, s'occuper du potager… Quoi d'autre ? Elle est très occupée. Elle doit également coudre, raccommoder les habits, faire des conserves de légumes – navets, blettes, concombres –, des confitures de papaye, des goyaves au sirop… Le travail est sans fin !

Cependant, elle trouvait quand même toujours une minute. Elle s'asseyait sur un tabouret et prenait un livre. Elle me lisait rapidement une histoire avant de préparer le dîner, avant d'aider à désherber,

4 C'est ainsi que l'on nomme le bâtiment où l'on élève les vers à soie.

avant que les petites bêtes se réveillent et demandent encore à manger.

Je lui demandais parfois de me relire les mêmes histoires, celles que j'aimais particulièrement. Un jour, elle m'a dit :

– Il faut que tu apprennes à lire. Cela donne un autre goût, tu sais ?

– Quel goût ? ai-je demandé. Sucré ou salé ?

Maman a ri. Sucré, salé, amer… Ah, amer non. Je déteste l'amer !

– Cela peut avoir le goût des larmes… a-t-elle continué.

J'ai aimé ce livre dès que je l'ai vu. J'avais l'impression que celui-là aurait un goût différent. Une saveur que je n'aurais jamais goûtée. Quel goût aurait mon livre ? Sucré, salé, amer, acide ? De larmes ?

J'admirais la couverture rouge brique – la même couleur que le nid du fournier roux[5] – traversée de grandes lettres noires. Était-ce le nom de l'histoire ? Les coins étaient un peu abîmés, les pages jaunies…

Et le goût d'avoir un livre caché ? Cela a-t-il le goût de la goyave mûre ? Peut-être. Sucré, et qui râpe un peu dans la bouche.

5 Sorte de passereau, commun dans les campagnes du Brésil, connu pour son joli nid de boue sèche tout rond, en forme de four à pain.

Et quand j'ai peur d'être surprise, c'est un goût étrange. D'avocat sans sucre[6].

*

Je suis allée étendre les vêtements sur la corde à linge. De temps en temps, je regardais l'avocatier. C'était comme si rien n'avait changé. Mais je savais. Que les livres se trouvaient en dessous. Et s'il pleut ? J'espère qu'il ne pleuvra pas. Mais sans pluie, papa dit que rien ne pousse, que les petites bêtes n'ont pas de feuilles, que l'âne n'a pas de fourrage, que nous n'avons ni fruits ni légumes. Tout pousse bien s'il pleut bien. Même un arbre de livres ?

La corde à linge s'est peu à peu couverte d'habits. Qu'est-ce que maman m'a demandé de faire d'autre ? Ah oui, laver les blettes pour le déjeuner. Mais j'ai encore un peu de temps.

Je suis allée dans le jardin, j'ai pris une baguette en bois et j'ai tracé des traits sur le sol de terre. D'abord un trait droit. Un autre plus court. Puis un trait arrondi. Zut, je me suis trompée. J'ai effacé, tout recommencé… Cela m'a pris beaucoup de temps, mais mon nom était là : « Sayuri ». C'est la seule chose que je sais écrire, mon nom. Mais j'ai envie de savoir écrire davantage de choses.

6 Au Brésil, l'avocat se mange en dessert ! Avec un peu de jus de citron et du sucre par-dessus…

Quel goût a le pouvoir de savoir lire tous les traits ?

J'ai commencé à dessiner sur le sol un oiseau. Les poules m'ont regardée – est-ce que c'était mon dessin qui les intéressait, ou se demandaient-elles si je leur donnerais du maïs ? Ça suffit, je vous en ai assez donné ce matin ! C'est la première chose que j'ai faite en me levant.

Et si je n'apprenais jamais à lire ? Ni à écrire ? Non, cela n'arrivera pas. Papa m'a promis qu'au besoin, il m'apprendrait lui-même. Il m'a juste demandé d'attendre un peu. Mais jusqu'à quand ?

J'aurais déjà dû commencer l'école. Mais c'est à ce moment-là que c'est arrivé…

# L'année d'aller à l'école

Je donne du maïs aux poules tous les jours. Elles s'agitent, se disputent les grains. Elles ne sont pas délicates. Parfois, elles me picorent même les pieds ! Mais j'aime bien m'acquitter de cette tâche. J'aime bien aussi aller chercher les œufs.

*

Cela s'est passé un peu avant que nous enterrions les livres.

Je venais de trouver un nouveau nid de poule, au milieu des herbes hautes, avec des œufs dedans.

– Sayu !

C'est mon frère Yukio qui m'appelle toujours ainsi.

– Hanae t'appelle.

En fait, c'était mon voisin Shin, imitant mon frère ! Avant, nous jouions beaucoup ensemble, Yukio, moi, et nos deux voisins Shin et Seiji. À cache-cache, à un deux trois soleil, à attraper des escargots dans le potager… Mais dernièrement, ils m'abandonnent, ils disparaissent. Ils veulent jouer entre eux seulement.

Hanae est la grande sœur de Shin et Seiji.

– J'arrive ! ai-je dit, en terminant de lancer le maïs.

J'ai enjambé la barrière de l'enclos. En m'approchant, j'ai senti l'odeur de gâteau s'échappant du four à pain. Hanae a fait les biscuits de rouroute[7] que j'adore ! À chaque fois qu'elle fait des gâteaux, elle m'en donne.

– Sayuri, c'est l'anniversaire de mon père, aujourd'hui. Tiens, prends des biscuits, je viens de les sortir du four. Ils sont un peu brûlés.

Hanae, la sœur de Shin et Seiji, est une de mes meilleures amies, et j'aimerais même qu'elle soit ma sœur ! Elle est si jolie et délicate – pas comme Emiko, qui passe son temps à me gronder.

– Assieds-toi ! Prends ton temps pour manger.

Hanae a mis les biscuits dans une boîte ronde en fer-blanc et me les a donnés, puis elle est partie dans la cuisine.

Je me suis assise sur le tabouret sous le manguier pour manger tranquillement.

Shin, la bouche encore pleine de biscuit, s'est arrêté en face de moi avec l'air de quelqu'un qui a quelque chose à dire.

7 On l'appelle également arrow-root. On en tire une fécule (sorte de farine), qui sert pour la pâtisserie.

– Qu'est-ce qu'il y a ?

– Tu sais qu'il ne va plus y avoir école ?

J'ai failli m'étouffer en avalant de travers. Je l'ai regardé.

– Tu mens. Qui te l'a dit ?

Il savait que je mourais d'envie d'aller à l'école. Et comme il y est entré un an avant moi, il prenait toujours son air important quand il me racontait : « Aujourd'hui, j'ai appris plein de choses. J'ai de nouveaux amis avec qui jouer. » Et puis il a arrêté de venir à la maison et de monter avec moi dans le goyavier. Parce qu'il apprend à lire, il croit qu'il en sait plus que moi !

– Pourquoi n'y aurait-il plus école ?

– J'ai entendu mes parents parler.

– Parler de quoi ?

Shin a terminé son biscuit et a grimpé dans le manguier. Et moi, en bas, qui attendais ma réponse.

– Raconte, qu'as-tu entendu ?

– Je ne sais pas si je te le dis. Il vaut mieux que tu demandes à ton père.

Je suis restée à le regarder, il est monté sur une branche encore plus haute. Va-t-il me raconter, oui ou non ? Alors que je commençais à ne plus y croire, il est descendu de l'arbre et m'a dit :

– L'école est fermée. Tu n'iras plus à l'école.

– Tu mens !

– C'est vrai. Demande à tes parents.

La mère de Shin est sortie du hangar pour voir ce qui se passait.

– Vous vous disputez ?

– C'est vrai ? Je ne vais pas aller à l'école ?

– Shin, qu'est-ce que tu lui as raconté ? Rien n'est sûr... Ne t'en fais pas, Sayuri. Tu ne resteras pas sans étudier.

Je suis rentrée à la maison en courant à toute vitesse. Était-ce vrai ? Shin aimait bien m'effrayer. Et si, cette fois, il disait la vérité ?

Je l'ai attendue avec tellement d'impatience, cette année : « Dans combien de temps, maman ? » « Combien de temps pour quoi ? » « Pour entrer à l'école ! » Maman riait : « Tu crois que tu resteras aussi excitée pendant longtemps ? Au début, Yukio était pareil, et après il s'est plaint qu'il y ait classe tous les jours ! »

Mais moi, j'étais sûre que j'allais aimer l'école.

Un jour, j'avais entendu mes parents en discuter.

– Ne vaut-il pas mieux qu'elle aille à l'école de la ferme São Pedro[8] ? Là-bas, ils enseignent le portugais[9]… a suggéré maman.

– Non, Sayuri doit apprendre le japonais. Sinon, comment fera-t-elle quand nous rentrerons sur notre terre ?

– Désormais, notre terre est ici, a dit doucement maman. Nous ne savons même pas si nous rentrerons un jour…

8 Autrefois, dans les campagnes du Brésil, il fallait parfois faire des dizaines de kilomètres avant de trouver le moindre village, alors les grosses fermes avaient leur école, où allaient les enfants des travailleurs.

9 La langue parlée au Brésil est le portugais du Brésil ou brésilien. Mais à l'époque de cette histoire, Sayuri et sa famille vivaient dans leur communauté, où les gens ne parlaient que le japonais. Même ceux qui étaient nés au Brésil savaient à peine parler le portugais ! (Voir les pages de fin pour plus d'informations.)

– Tu as oublié ? a dit papa, l'air fâché. Mes parents nous attendent. J'ai promis.

Il passait son temps à parler de la promesse qu'il avait faite à ses parents, qui l'attendaient à l'autre bout du monde.

– Sayuri est née ici. Elle est comme les autres enfants, a rappelé ma mère.

– C'est la guerre, ses camarades de classe ne penseront pas pareil. Et s'ils la considèrent comme une ennemie ?

– Ce sont des enfants, que savent-ils de la guerre ?

– Ce qu'en disent les adultes, a dit papa d'une voix ferme.

– Il vaudrait mieux qu'elle apprenne les deux langues… Nous ignorons le futur qui nous attend.

– De toute façon, l'école de la ferme est trop loin, c'est à plus d'une heure de marche. Celle de notre communauté est juste à côté.

Leur décision était prise. J'irais à l'école de notre communauté japonaise.

L'école… Peu m'importait laquelle, je voulais apprendre à lire. Pour ne pas avoir à attendre que les petites bêtes dorment, pour ne pas avoir à attendre que maman ait le temps. Tout lire toute seule ? Je connaîtrais tellement de choses… Même ce qui se passe à l'autre bout du monde. Il n'y a rien de meilleur. Encore meilleur qu'une goyave bien mûre ? Peut-être.

Et j'apprenais qu'il n'y aurait plus école ? Dès que mes parents sont rentrés de la magnanerie, je leur ai demandé des explications.

– C'est vrai, papa ?

Il s'est assis à la table de la cuisine, le visage inquiet.

– Tu as appris quelque chose d'autre ? a demandé ma mère en mettant du bois dans le poêle.

– L'école a été fermée, a confirmé mon père.

– C'est vrai ?

Mon père a hoché la tête et ils sont tous deux restés silencieux, sérieux, dans leurs pensées.

– Pourquoi, maman ?

Elle m'a regardée, indécise. Elle a dû se dire qu'il valait mieux qu'elle m'explique, car je le saurais de toute façon.

– À cause de la guerre, il est désormais interdit d'étudier le japonais… a-t-elle commencé.

– Mais papa a dit que la guerre avait lieu très loin d'ici, à l'autre bout du monde ?

– Sayuri, le monde entier est en guerre. Malheureusement, c'est ainsi. Le pays où nous sommes nés et le pays où nous habitons se font désormais la guerre. Ils ne sont plus amis. Tu comprends ?

Non, je ne comprenais pas. La seule chose que je comprenais, c'est que l'école était fermée. Et que je ne pourrais plus y aller – ni pour apprendre à lire et écrire, ni pour les fêtes du Nouvel An, ni pour le cinéma, ni pour les représentations musicales, ni pour le théâtre…

Papa était immobile, distrait, la tasse de café à la main.

– Papa, je ne vais pas apprendre à lire ?

– Bien sûr que si ! s'est-il exclamé.

– Mais s'il n'y a plus d'école…

Ma mère a quitté le poêle et est venue s'assoir à côté de moi.

– Sayuri, les enfants n'ont pas besoin de s'inquiéter. Nous trouverons une solution.

– Je t'apprendrai, dit mon père. Tu sauras lire, ne t'inquiète pas !

– Quand ?

– Très bientôt. Dans quelques jours, quand les vers à soie dormiront, j'aurai un peu de temps.

J'ai attendu que papa ait le temps. Mais même quand les vers à soie ne demandent pas à manger, l'âne demande, les plantes demandent, la terre demande… Et si nous ne nous occupons pas de la terre, nous n'aurons rien à manger !

J'ai aussi harcelé ma mère : « Que veut dire ce

signe, maman ? » « Attends une minute, Sayuri. Ton père m'appelle pour que je l'aide à ranger le maïs dans la grange. » « Attends, le repas va brûler, j'ai laissé la casserole sur le feu. » « Attends, laisse-moi finir la lessive. »

Attends, attends… Et bientôt les vers à soie se réveilleront et demanderont à manger sans arrêt !

« Nous trouverons une solution, ne t'inquiète pas », me répétait papa presque tous les jours.

# Une demande aux dieux

Mes parents font toujours des demandes aux dieux. Ils ont besoin d'argent ? Ils demandent aux dieux. La santé ? La protection ? Ils demandent aux dieux de la chance et du bonheur. Ma mère dit qu'il existe beaucoup d'autres dieux. Ils sont partout : dans les arbres, les rivières, les nuages, les animaux… Et mes parents s'adressent aussi aux ancêtres.

Papa a dû demander beaucoup de pluie. Depuis ce matin, elle n'arrête pas de tomber. Les mûriers, les champs d'herbes, les eucalyptus, tout est couvert d'un voile d'eau. Mais a-t-il prié le dieu des eaux ou le dieu des nuages ?

– Sayuri ! a appelé maman depuis la cuisine. Apporte cette offrande.

Elle m'a donné deux petites soucoupes avec chacune un kaki. Notre arbre à kaki a donné cette année de gros fruits, bien sucrés.

La moindre nourriture, la moindre friandise sur notre table, Maman en offre d'abord aux dieux et aux ancêtres. Elle dit qu'ils nous protègent. « Si tu coupes une racine, est-ce que l'arbre ne meurt pas ? Les ancêtres sont comme les racines. Et nous sommes comme les branches, nous ne pouvons pas grandir sans racines », dit-elle toujours.

– Tu peux leur demander ce que tu veux, m'a-t-elle aussi dit un jour.

– Vraiment tout ? Tout, tout ?

– Tout, si tu es une gentille petite fille.

Ah, maman ne rate pas une occasion pour me le rappeler. Ne suis-je pas une gentille petite fille ? Si, je m'acquitte de toutes mes tâches. C'est vrai que, parfois, j'en oublie quelques-unes… Et j'ai déjà mangé en cachette le biscuit-offrande destiné aux dieux et aux ancêtres. Et j'ai chipé le livre et je l'ai caché… Ai-je pu fâcher les dieux et les ancêtres ? Vont-ils exaucer ma demande ?

Je suis montée sur le tabouret pour déposer un kaki devant les portraits de mes grands-parents, et un autre devant l'autel des dieux, un peu plus haut. Et j'ai fait mon vœu : que l'école commence bientôt, que les livres reviennent vite, et que j'apprenne à lire et à écrire dès que possible. En échange, j'ai promis d'apporter moi-même le riz et le thé que maman leur offre tous les matins, et de cueillir moi-même pour eux les feuilles et les fleurs les plus jolies de notre jardin.

Dehors, la pluie continuait. Par la fenêtre, j'ai regardé l'avocatier. On aurait dit un parapluie de feuilles. Supportera-t-il autant de pluie ? Et les livres, le supporteront-ils ? Je l'espère. J'espère que les dieux et les ancêtres ont entendu ma demande…

Le lendemain matin, le ciel s'est levé sans pluie – un ciel bleu, avec de grosses gouttes brillant dans l'herbe et sur les feuilles. Emiko et moi avons fait la lessive puis l'avons étendue, laissant la corde à linge toute colorée.

La matinée est passée rapidement.

Alors que nous finissions de déjeuner, nous avons entendu quelqu'un dehors frapper dans les mains. C'est ainsi que les voisins signalent leur présence. Une visite ? Nous nous sommes tous regardés. Je me suis arrêtée, la cuillère à la main. Étaient-ce les soldats ? Venaient-ils chercher les livres ? Ils ne les trouveront jamais. Et s'ils regardent sous mon matelas ? Pourquoi l'ai-je caché dans un endroit aussi évident ?

– Bonjour !

– C'est le père de Shin, a dit Yukio.

Nous avons tous poussé un soupir de soulagement en reconnaissant notre voisin.

Désormais, la même scène se reproduisait chaque fois que quelqu'un frappait des mains. L'espace d'un instant, nous étions terrorisés.

Mon père s'est levé, ma mère l'a suivi, et je suis allée les espionner par la fenêtre de la pièce principale.

– Monsieur Tanaka ! Entrez, je vous en prie.

– Non, ne vous dérangez pas. Je suis venu vous annoncer la nouvelle.

Les adultes parlaient rapidement, en jetant des regards méfiants sur les côtés. Avaient-ils peur d'être vus en train de discuter ? Mais il y a peu de passage vers chez nous. La route principale est loin, derrière le bois d'eucalyptus, et cache complètement notre maison.

– Nous avons trouvé une solution pour faire la classe aux enfants, a dit M. Tanaka avec enthousiasme.

– Vous avez trouvé des volontaires ?

– Oui. Des jeunes se sont proposés pour faire la classe deux fois par semaine. Chaque groupe se réunira dans un lieu différent pour ne pas se faire repérer. Et nous changerons régulièrement d'endroit pour ne pas attirer l'attention.

– Nous étions inquiets pour Sayuri et aussi pour Yukio, qui a encore beaucoup à apprendre. Quand les cours commenceront-ils ?

– La semaine prochaine, mardi et mercredi. Au début, les enfants iront chez M. Sakai.

– Parfait, le plus tôt sera le mieux. Les enfants ne peuvent pas rester sans étudier. Vous êtes sûr que vous ne voulez pas entrer prendre une tasse de thé ?

– Merci, mais je dois encore transmettre la nouvelle aux autres.

M. Tanaka les a salués d'un petit signe de tête rapide vers le bas. Mes parents l'ont remercié de la même façon. Comme ils aiment baisser et lever la tête ! Emiko me le rappelle à chaque fois : « Sayuri, n'oublie pas de saluer ! »

La classe va commencer ? Vraiment ? Même si ce n'est pas à l'école, je m'en fiche. Même si c'est la nuit, je m'en fiche. J'ai couru dans le jardin tellement j'étais heureuse ! J'ai dessiné sur la terre avec une baguette. Les poules m'ont regardée, puis ont continué à picorer. J'ai serré dans mes bras le tronc lisse du goyavier, je me suis suspendue à une de ses branches. Mon vœu n'a-t-il pas été exaucé ? Il fallait que je remercie les dieux. Et les ancêtres.

Ce matin-là, quand je m'étais réveillée, j'avais vu un colibri[10] entrer par la fenêtre. Il avait fait quelques tours dans la pièce principale en battant très rapidement des ailes, puis il s'était envolé dehors.

Cette nouvelle était arrivée de la même façon, comme un oiseau entrant par surprise par la fenêtre.

– Sayuri, tu es là ? Donne un coup de balai dans la maison, et n'oublie pas les autres tâches que je t'ai demandées.

Toute la famille partait cueillir les feuilles de mûrier.

– Je m'en occupe, maman.

Je suis revenue à la cuisine et j'ai fait quelques pas de danse avec le balai. Ensuite, j'ai plongé une tasse dans le seau et j'ai versé un peu d'eau sur le sol de terre battue. C'est ce que maman fait toujours pour qu'il y ait moins de poussière. J'ai passé le balai dans toute la maison en chantonnant et en dansant, incapable de rester en place.

J'irai chercher les habits sur la corde à linge

10 Le colibri est l'oiseau le plus petit du monde. Très joli et coloré, il est aussi très rapide – il peut battre des ailes entre 50 et 70 fois par seconde !

tout à l'heure. Tout à l'heure. Je suis allée dans ma chambre, où mon livre m'attendait. Bientôt, bientôt je le lirai ! J'étais tellement impatiente de savoir ce qui se cachait à l'intérieur de ces pages pleines de petits traits… Je suis restée longtemps à le feuilleter.

Le soleil a commencé à descendre du côté des eucalyptus. Je devais encore ramasser les habits mis à sécher. Maman m'avait demandé autre chose – mais quoi ? Ah oui : ramasser des brindilles pour allumer le feu.

# Les lumières des lanternes

Un trait ressemble à une montagne, un autre fait penser à un fleuve – ou bien à la pluie ? Un autre à arbre – ou à des branches ? Beaucoup ne ressemblent à rien. Je retourne le livre et le regarde à l'envers. Une des lettres ressemble à quelqu'un qui ferait une galipette.

Qu'est-ce qui est écrit sur la couverture de mon livre ? Heureusement, l'école va commencer, je le saurai bientôt, très bientôt !

Maman m'a fabriqué une sacoche comme celle de Yukio, que je porterai en bandoulière. À l'intérieur, elle a mis un cahier, un crayon à papier et une gomme.

– Sayuri, tu vas devoir économiser les pages de ton cahier, m'a-t-elle prévenue. Ton père prend des risques en allant en acheter à l'épicerie.

– Ils pourraient deviner que c'est pour étudier, a précisé Emiko.

– Je sais, maman. Je m'exercerai sur le sol du jardin.

– Bonne idée, a approuvé ma sœur. N'oublie pas d'effacer ensuite.

– Il faut trouver un endroit où laisser les sacoches avec les affaires, a dit ma mère.

Et nous avons commencé à réfléchir à la meilleure cachette.

– Sous le lit, ils les trouveront tout de suite, a dit Yukio.

Il fallait que j'enlève mon livre de là. Et vite !

Où pourrions-nous cacher nos affaires dans la maison ?... Ou pourquoi ne pas les enterrer dans le jardin ? Non, impossible, nous aurons besoin de notre matériel à tout moment.

– Et avec le bois ? a suggéré Emiko.

Nous sommes allés voir. Séparée de la maison, il y a la cabane où nous faisons notre toilette, avec un petit appentis sur le côté où nous faisons le feu. Les bûches y sont entassées à côté d'un grand panier en rotin contenant des pailles de maïs et des brindilles pour démarrer le feu.

– On pourrait les mettre à l'intérieur du panier ?

Nous avons décidé de les mettre tout au fond, bien recouverts, de sorte que nos affaires soient impossibles à voir à part si quelqu'un retirait toutes les brindilles et les pailles.

– Yukio et Sayuri, n'oubliez pas : quand vous

n'avez pas école, surtout la journée, vous laissez vos sacoches ici. Vous avez compris ?

Yukio et moi avons hoché la tête en signe d'approbation.

Papa aussi a trouvé que c'était un bon endroit pour cacher nos affaires.

*

De la forêt, j'entends résonner le chant de l'oiseau saracura. Quel chant étrange ! Mais je sais une chose : quand le saracura chante, c'est pour nous dire que la journée s'en va et que la nuit arrive.

*

– Sayu ! Maman t'appelle pour dîner ! a crié Yukio depuis la cuisine. Et dépêche-toi : aujourd'hui, nous avons classe !

Comme s'il avait besoin de me le dire ! Je n'ai pensé qu'à cela toute la journée, depuis le matin. Toute la journée, j'ai observé le déplacement du soleil dans le ciel jusqu'à ce que, enfin, il commence à descendre… J'ai couru dans la cuisine.

– Prête ? a demandé maman en posant le repas sur la table.

– Papa et Emiko ?

– Ils sont encore à la magnanerie. Ne les attendez pas.

J'ai avalé mon dîner à toute allure. L'œuf au plat

et le riz étaient délicieux. Même les chouchous[11] bouillis, que je n'aime pas trop d'habitude, avaient un goût différent.

Je suis allée chercher ma sacoche, cachée dans le panier. Les poules dormaient, les crapauds coassaient.

L'obscurité a rapidement tout envahi. Yukio a allumé la lanterne et nous avons attendu nos voisins devant la porte. En levant la tête pour regarder le ciel, j'ai vu que c'était le premier quartier de lune.

Quelques instants plus tard, deux lumières se sont approchées… C'étaient eux ! Hanae et ses frères, Shin et Seiji.

– Je vais accompagner les enfants les premiers jours. Vous êtes prêts ? a demandé Hanae.

– Ah, je suis plus rassurée. Merci ! a dit ma mère, en se tournant ensuite vers nous : Les enfants, obéissez à Hanae !

Derrière eux, il y avait Nami, la voisine de nos voisins, et un autre garçon bien plus âgé que mon frère. Je me suis souvenue l'avoir vu lors d'une fête de notre communauté.

En tout, nous étions donc sept, avec Hanae.

– Sayuri, allons-y.

11 On l'appelle aussi chayote ou christophine. C'est un fruit, mais on le mange comme un légume, cuit à la vapeur, en soupe, en gratin, en salade… Il est à mi-chemin entre la courgette et la pomme de terre.

J'étais contente qu'Hanae vienne avec nous parce que j'ai un peu peur du noir. Nous n'avions que les lumières des lanternes pour éclairer notre chemin. Et l'herbe des champs semblait bien plus haute que pendant la journée. Et l'ombre des arbres plus étrange… Et le hululement des chouettes… Devant nous, il n'y avait que l'obscurité.

Hanae m'a prise par la main, et ma peur a légèrement diminué. Mes yeux se sont vite habitués et je voyais déjà mieux. Les garçons, devant, allaient drôlement vite. Yukio, avec les autres garçons, semblait m'avoir oubliée.

– Moins vite ! leur a demandé Hanae.

Ils ont obéi. Heureusement, car j'avais du mal à soutenir l'allure. En plus, je n'étais pas habituée à porter des chaussures (à la maison, j'étais tout le temps en sandales), et j'ai même hésité à les enlever pour marcher pieds nus, mais j'ai eu peur de marcher sur des épines.

Enfin, nous avons vu une petite lumière. C'était là. Le propriétaire de la maison nous attendait à la porte.

– Allons, allons, entrez ! chuchota-t-il. Le professeur est déjà là.

La pièce principale était comme chez nous, un peu plus grande peut-être, avec un sol en terre battue et des murs en planches. Au centre, une longue table faite en troncs, et des bancs sans dossier. Il y avait quelques étagères, mais aucun livre. Et une lanterne. Nous avons posé les nôtres à chaque coin de la pièce. Avec trois lampes, la salle était bien éclairée ! Le fils cadet de la maison et trois autres enfants étaient déjà là. Notre professeur, un jeune garçon grand et maigre avec des lunettes à la monture noire, nous souriait.

– Voici le jeune homme qui va vous faire cours. Dorénavant, vous pourrez l'appeler professeur Shimada, a dit le propriétaire de la maison, en guise de présentations.

– Je suis content que vous ayez pu venir, a dit le professeur d'une voix sourde, comme s'il était nerveux.

C'était donc lui qui allait nous faire la classe ? Il semblait si jeune !

– Vous ne pouvez pas rester sans étudier, continua-t-il d'une voix plus ferme, et sans perdre de temps, il indiqua où chacun devait s'assoir : Les première année, ici.

Première année ? C'était moi. Première année ! Je me suis assise et j'ai regardé les autres. Nami s'est mise à côté de moi, et deux garçons se sont assis en face, de l'autre côté de la table.

– Deuxième année ? De ce côté-ci. Troisième et quatrième ici.

J'ai regardé notre professeur de biais, discrètement. J'ai aimé son calme. Il avait quelques livres avec lui. Où les cachait-il ? Sous son matelas, comme moi ? N'avait-il pas peur que les hommes de la police viennent fouiller sa maison ? Il doit avoir trouvé une bonne cachette.

Le professeur a donné ses consignes aux plus grands et est venu s'assoir près de notre groupe.

– Il existe trois types de caractères, a-t-il expliqué. Les *katakanas*, les *hiraganas* et les *kanjis*, qui sont des idéogrammes[12].

Maman m'avait dit qu'une fois que je connaîtrai les *hiraganas*, je pourrai lire beaucoup de livres, même sans connaître tous les idéogrammes. Le professeur Shimada allait-il nous les apprendre ? Il avait l'air de connaître beaucoup de choses.

– Cette année, vous apprendrez uniquement les *katakanas*, qui sont les caractères les plus faciles.

Je n'allais pas pouvoir tout lire, du moins pas encore. Mais peu importe, j'étais si heureuse ! J'étudiais, en première année !

12 L'idéogramme est un petit dessin représentant un mot ou une idée. On en trouve dans la langue japonaise ou chinoise.

Je m'exerce sur le sol du jardin. Je trace de grands traits avec une baguette en me rappelant ce qu'a dit le professeur. Comment écrire les caractères. Du haut vers le bas, de la gauche vers la droite. Je fais des traits droits, courbés, un trait qui ressemble à une goutte d'eau… J'aime bien étudier ainsi, en écrivant sur la terre. Dommage qu'il faille effacer ensuite.

J'aime bien regarder mon écriture. Un peu tordue, mais c'est la mienne.

Je me suis dépêchée de terminer mes tâches : donner du maïs aux poules, aller chercher les œufs, mettre les vêtements à sécher, balayer la maison, laver les légumes… Quoi d'autre ?

Ensuite, je suis allée m'entraîner dans le jardin. Je sais déjà écrire : maison, oiseau, poisson, matin, chemin, herbe. Puis j'efface les mots et les dessine à nouveau.

Tandis que je retirais les habits secs de la corde à linge, j'ai réfléchi à la meilleure cachette pour mon livre. Notre chambre a deux lits, des étagères accrochées au mur et une malle où nous mettons nos vêtements, c'est tout. Au milieu des vêtements ? Emiko veut toujours y mettre de l'ordre, elle aime que tout soit bien rangé. Elle finirait par le trouver.

Ailleurs dans la maison ? Dans l'arrière-cuisine, là où il y a les vieilles casseroles ? Maman le découvrira. Dans la grange à maïs, au milieu des épis ? Papa le trouvera et voudra l'enterrer avec les autres. Dans le jardin, sur une branche du goyavier, très haut ? Et s'il pleut ?

Les vêtements propres étaient rêches de soleil, durcis comme du papier. Je les ai pliés et déposés dans chaque chambre.

J'ai soudain eu une idée. Ma paillasse[13] était décousue à un endroit. Je l'ai ouverte un peu plus, suffisamment pour cacher mon livre dans la paille du matelas. Si quelqu'un le soulevait, il ne verrait pas le livre. Cette fois, j'avais une bonne cachette !

Je suis allée dans la cuisine. Ils allaient tous bientôt rentrer de la magnanerie et maman m'avait demandé de laver le riz et d'éplucher les pommes de terre… Quoi d'autre ? De faire chauffer l'eau pour le bain. C'est une nouvelle tâche qu'on m'a confiée. Jusqu'à hier, c'était Yukio qui le faisait et je ne faisais que l'aider.

Papa se demandait si j'allais réussir, il était inquiet que je puisse me brûler. « Ne t'en fais pas, papa, je sais comment faire. » Quand j'étais avec Yukio, je m'en sortais bien avec le feu, il m'obéissait, plus qu'à mon frère, d'ailleurs ! Je regarde les flammes rouges s'élever, et si je vois que le feu veut s'éteindre, vite, je lui donne des brindilles et de la paille. C'est amusant. « Fais attention, le feu n'est pas à prendre à la légère », m'a prévenue papa.

*

13 C'est ainsi qu'étaient faits les matelas autrefois : un grand sac de toile que l'on remplissait de paille ou de feuilles sèches.

J'ai rempli environ dix pages de mon carnet. J'écris en toutes petites lettres pour ne pas le terminer trop vite.

J'ai eu une idée tandis que je m'occupais du feu. J'ai pris une paille de maïs sèche et je l'ai déroulée. Est-ce que cela ne ressemble pas à une feuille ? Parmi les morceaux de charbon, j'ai choisi celui à la pointe la plus fine et j'ai commencé à écrire sur la paille.

J'ai cherché des pailles plus grandes. Quelle bonne idée ! Et les pailles de maïs ont commencé à se remplir : fleur, maison, nuage, arbre. Des oiseaux qui chantent, des poissons qui nagent dans la rivière, des crapauds qui coassent. Mais je ne pouvais pas les garder. Il fallait les brûler... Demain, ai-je pensé, aujourd'hui les hommes ne viendront plus, il fait déjà presque nuit. Je les ai mis tout au fond du panier à brindilles.

Les jours suivants, j'ai continué à écrire, j'avais tout un tas de pailles de maïs écrites au charbon. J'ai tout laissé à l'intérieur du grand panier, sous les nouvelles pailles.

Mais un jour, alors que je tardais à éplucher les ignames, maman et Yukio sont rentrés et mon frère est allé allumer le feu à ma place.

– Maman, il y a un tas de pailles de maïs toutes

griffonnées. C'est toi, Sayu ?

– Sayuri, il faut les brûler. Tu ne peux pas les garder ! s'est exclamée ma mère.

Je suis partie en courant, je voulais le faire moi-même. Yukio commençait déjà à allumer le feu.

– Laisse-moi faire.

Mon frère est parti et j'ai rassemblé toutes les pailles sur lesquelles j'avais écrit pour m'entraîner à dessiner les lettres. Les flammes rouges du feu avalèrent avec appétit mes poissons, mes maisons, mes oiseaux qui chantaient.

Ce n'est pas grave. Je sais déjà écrire : nuages, pluie, crapauds qui coassent. Demain j'écrirai encore plus. Et je brûlerai mes pailles tout de suite.

# Les lumières de la route

La nuit n'est plus aussi noire que les premiers jours. Les herbes hautes ne me font plus aussi peur. Et les formes des arbres, qui avant semblaient faire exprès de m'effrayer, sont devenues amusantes.

Et la lune ? Les jours où elle devient une grosse boule, nous ne prenons même pas de lanterne. J'aime lever la tête et la voir marcher avec nous. Si je m'arrête, la lune s'arrête aussi. Si j'avance, elle avance aussi. Quand elle se cache, notre chemin devient un peu plus sombre. Mais elle réapparaît tout de suite après, éclairant les arbres, l'herbe haute, les garçons en tête, le visage sérieux de ma camarade Nami. La lune est comme une lanterne.

Les lanternes décoraient l'école les jours de fête. Quel dommage que nous n'ayons plus de fêtes à l'école – ni cinéma ni théâtre.

Un jour, nous avons accueilli le spectacle de l'homme des ombres. L'école était pleine, presque toute notre communauté était là.

Je n'avais pas compris d'où venaient les ombres. Ces ombres-là n'avaient-elles pas de maître ? Normalement, toutes les ombres ont un maître, comment était-ce possible ? Les ombres étaient apparues sur le drap blanc tendu, et elles avaient dansé, chanté, s'étaient disputées… Tout le monde avait bien ri. Je n'avais jamais vu mon père s'amuser autant.

Lorsque ce n'est pas la pleine lune, c'est impossible de marcher sans nos lanternes, nos compagnes. Une nuit, les garçons marchaient en tête. Nami et moi les suivions quand soudain, après le virage – plus aucune lumière.

– Ils sont partis si vite… ai-je dit, surprise.

– Où sont-ils passés ? s'est inquiétée Nami.

Même en courant, ils n'auraient pas pu aller aussi loin…

– Bouh ! Bouh ! ont-ils crié en sortant des arbustes.

Nous avons sursauté, effrayées. Ils ont éclaté de rire si fort que j'ai eu peur que quelqu'un les entende. Heureusement, il n'y avait pas de maisons à proximité. Mais j'étais furieuse ! En plus, nous avons dû faire le reste du trajet dans le noir – sous l'effet de la peur, nous avions fait tomber nos lampions et les garçons avaient éteint les leurs volontairement. Et nous n'avions pas d'allumettes sur nous… Nous avons fini le trajet, mal éclairés par un petit quartier de lune. Conclusion, nous sommes arrivés en retard. Si Hanae avait été avec nous, elle aurait grondé les garçons !

*

Quelques jours plus tard… Nous rentrions de classe. Dans le ciel, la lune toute fine nous accompagnait. De temps en temps, le vent faisait danser les herbes.

– Hé, regardez ! a dit Seiji. Vous voyez ?

J'ai vu une petite lumière au loin. Ou plutôt, deux.

– Pourtant, il n'y a pas de maison, là-bas… a fait remarquer mon frère.

– Quelqu'un arrive dans notre direction !

– Et si c'était un revenant[14] ? a plaisanté Shin.

– Arrête ! ai-je dit, la voix tremblante.

Yukio a lâché un petit rire forcé – mais j'ai bien senti que lui aussi mourait de peur.

– Qu'est-ce que vous voyez ? a demandé la discrète Nami. Elle aussi avait l'air effrayée.

– Vous ne voyez pas les deux lumières ?

– Je ne vois rien, a dit Hanae, qui nous accompagnait ce soir-là.

Et Hanae n'était pas le genre de fille à mentir.

14 Sorte de fantôme. C'est une personne qui est morte, mais qui revient dans le monde des vivants en prenant une apparence humaine (personne ne sait si les revenants existent vraiment…)

J'ai senti un vent glacé. Je me suis accrochée à son bras car mes jambes sont devenues toutes molles. Les lumières disparaissaient et réapparaissaient, comme si elles se cachaient derrière les buissons.

– Débarrassons-nous des cahiers, vite ! a dit le plus âgé des garçons, en jetant ses affaires au milieu des hautes herbes. Nous dirons que nous allons rendre visite à un voisin !

– Une visite, à cette heure ?

– Il ne vaudrait pas mieux se cacher ?

– Calmez-vous !

Hanae, sans montrer de panique, nous a fait signe de continuer à marcher en silence. Personne

n'a bougé. Je ne pouvais pas partir, j'étais comme paralysée. Les lumières n'avaient pas l'air de lampions. L'une était plus grande que l'autre. Étaient-ce une lanterne et une petite lampe à mèche ? Ou des bougies ?

– Les lumières se sont éteintes…

– Moi, je ne les ai pas vues. Mais c'était peut-être un paysan des environs, a suggéré Hanae.

Autour de nous, l'obscurité. Personne n'a plus rien dit et un lourd silence s'est installé. On entendait même nos respirations. Nous avons attendu quelques minutes qui ont paru une éternité. Où les lumières étaient-elles parties ? Elles avaient disparu tout d'un coup.

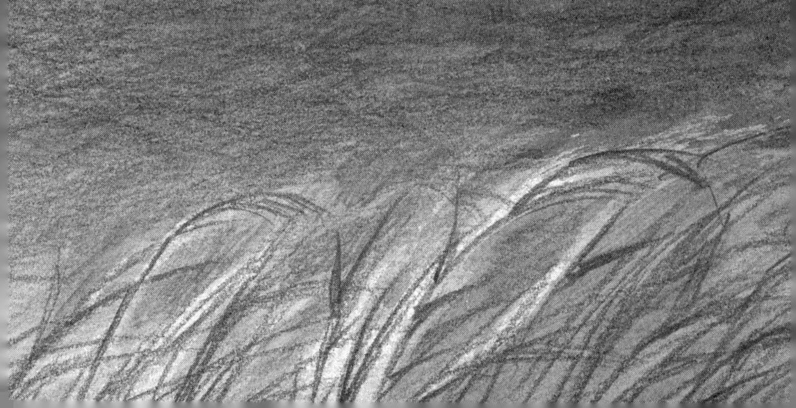

– Récupérez vos cahiers.

Chacun s'est mis à chercher ses affaires dans les hautes touffes d'herbe. Je suis restée immobile, les jambes ramollies, les mains moites. J'ai fait un effort terrible pour ne pas m'écrouler sur place.

– Tiens, Sayu ! Ta sacoche, a dit Yukio en me la tendant.

Mon cœur battait la chamade, et si fort que je pensais que tout le monde l'entendait. D'où venaient ces lumières ? Si c'étaient des paysans du coin, où étaient-ils passés ? La route est longue et toute droite, ils venaient forcément dans notre direction. Ou bien s'étaient-ils cachés, et nous observaient-ils ?

– Allons-y.

Hanae m'a prise par la main et nous avons continué notre route.

Nous avons dépassé l'endroit où nous avions vu les lumières. Rien. Quelques herbes hautes, mais personne ne pouvait s'y cacher.

Cette nuit-là, après l'école, une fois rentrée à la maison, je n'ai pas réussi à m'endormir. Je me suis cachée tout entière sous les couvertures. Ces lumières qui tremblaient… J'étais sûre que c'étaient des personnes avec des lampions ! Elles avaient dû les éteindre ensuite, ou se cacher dans une cabane…

Mais il n'y avait pas de cabane sur cette route… Et si c'étaient vraiment des revenants ? Les revenants peuvent-ils apparaître n'importe où, traverser les portes et les fenêtres ? Papa dit que les revenants n'existent pas, mais je ne sais pas s'il dit la vérité ou s'il dit cela pour me rassurer.

J'ai l'impression d'avoir entendu le coq chanter à l'aube – ou étais-je déjà dans mon rêve ? J'ai quand même fini par sombrer dans le sommeil.

*

– Sayuri, réveille-toi, il est tard ! a appelé Emiko.

J'ai eu du mal à ouvrir les yeux.

C'est drôle comme tout semble différent la journée. Ma peur a un peu disparu. Mais pas mes questions. D'où venaient ces lumières ? Quelqu'un a-t-il découvert que nous étudions en cachette ? Allons-nous devoir arrêter les cours ? Je ne connais même pas toutes les lettres, je sais si peu écrire…

Je suis entrée dans la cuisine. Tout le monde était déjà parti, à la magnanerie ou aux champs.

Ces lumières me faisaient encore plus peur que le noir. J'ai essayé de ne plus y penser. J'ai lavé les tasses et le filtre à café, me suis acquittée de toutes mes tâches domestiques – mais impossible de détourner mon attention. Comment fait-on pour penser à autre chose ?

Maman approchait. Elle n'était pas seule : j'ai reconnu la voix de notre voisine, la mère de Shin.

Je me suis glissée près de la fenêtre sans être vue. Ma mère, la bassine de légumes dans les bras, discutait dans la cour.

– Hier, les enfants ont vu deux lumières, a dit la voisine. Je crois que c'est l'esprit de cette femme…

– Tu crois vraiment ? Tu ne penses pas que ce sont des paysans du coin ?

– C'est ce que dit Hanae. Mais Seiji a dit qu'il y avait une petite lumière et une grande. Ça ne peut être qu'eux. La femme et son petit garçon qui sont morts…

– Les pauvres… dit maman en essuyant la transpiration sur visage avec un mouchoir. Le petit n'était encore qu'un bébé… Prions pour leur âme, pour qu'ils arrêtent d'errer sur Terre.

De qui parlaient-elles ? Mais leur conversation changea de sujet, maman commentant la chaleur qui arrivait.

Je suis retournée à la cuisine et me suis assise sur le tabouret, les bras autour de mes genoux repliés.

– Que se passe-t-il ? a demandé ma mère en entrant et en me voyant ainsi recroquevillée.

– Rien.

– Comment cela, rien ? Je sais. Tu as entendu

notre conversation ?

– Maman, et si c'étaient vraiment des revenants ?

– Les esprits sont inoffensifs, a dit ma mère en allumant le poêle.

Les pailles de maïs et les brindilles se sont mises à crépiter.

J'avais vu les lumières tremblotantes. Une plus grande et une plus petite. La mère et le fils.

Je ne savais pas quelle peur était la pire : la peur des revenants ou celle de perdre mon livre ? Ou celle de ne plus pouvoir étudier ? J'aurais tellement aimé que la classe ait lieu la journée…

Nous avons continué nos trajets nocturnes, éclairés par la lumière ténue des lanternes – et moi, morte de peur... De temps en temps, un petit animal nous frôlait et nous surprenait, ou alors nous entendions les sabots d'un cheval et nous nous cachions rapidement.

Et les lumières tremblotantes ? Nous ne les avons plus jamais revues.

# Le cerisier

Une année s'achève, une autre commence. Pour l'occasion, nous offrons des *mochis*[15] aux dieux et aux ancêtres. Personne n'oublie cette coutume. Simplement ce n'est plus comme avant, où toute la communauté se réunissait dans l'école pour piler le riz et malaxer les boulettes sur la longue table, entre conversations animées et éclats de rire.

Depuis l'année dernière, c'est différent. Chacun fait les *mochis* chez soi.

Mais je n'ai pas oublié de remercier les dieux et les ancêtres qui ont exaucé mon vœu : j'apprends à lire et à écrire.

J'ai appris les *hiraganas*. J'ai pu déchiffrer ce qui était écrit sur la couverture de mon livre : *Sakura*, ce qui signifie cerisier. Je suis d'autant plus heureuse que je l'ai trouvé sans l'aide du professeur.

15 Boulette de riz gluant, que l'on mange notamment pendant les fêtes du Nouvel An au Japon.

Enfin… si, il m'a aidée. Il m'a appris chaque lettre.

Je n'ai jamais vu de cerisiers, je suis née après que ma famille a immigré ici – et au Brésil, il n'y en a pas. J'ai demandé à Emiko qu'elle me les décrive. Elle m'a raconté : au printemps, les cerisiers fleurissent et les branches sont couvertes de pétales rosés, comme des nuages. Malheureusement les fleurs se fanent vite, mais les pétales qui tombent sont une autre merveille – une petite pluie rose…

Il me manquait le mot à côté de *cerisier* pour pouvoir lire le titre de mon livre en entier. C'est un idéogramme et le professeur ne nous les a pas encore appris.

J'ai ouvert le livre et tourné les pages. J'ai découvert un tas de traits que je ne connaissais pas. Pourquoi ne pas demander à ma sœur quel était cet idéogramme sur la couverture, juste à côté du mot *cerisier* ? Impossible. Et si Emiko me demandait où je l'avais vu ?

Et si je copiais l'idéogramme, bien soigneusement, et que je l'apportais au professeur ? Il pouvait me demander : « Tu as gardé un livre chez toi ? » Il faudrait lui mentir.

Je ne pouvais rien dire. Il fallait que je le découvre toute seule.

N'était-ce pas ce que ma mère m'avait dit ? Que lire toute seule avait un goût spécial ? Comme cette friandise que papa a rapportée de la grande ville, un jour.

Il avait pris le train pour aller voir un ami, et avait acheté cette sucrerie sur le chemin du retour. Je n'avais jamais rien vu de la sorte. Elle était emballée dans un joli papier crissant, et nappée d'une fine couche de sucre glacé, avec des petites billes de couleur sur le dessus. J'avais mordu tout doucement, presque avec appréhension. D'abord, j'avais senti le goût sucré, puis mes dents s'étaient enfoncées dans la pâte molle et enfin j'avais senti la crème – une crème jaune, si délicieuse qu'elle semblait venir d'un autre monde. Quel dommage qu'elle ait fini si vite…

Découvrir toute seule pourrait avoir un goût identique à cette sucrerie.

Je priais pour que la classe ne se termine pas avant que j'aie appris toutes les lettres.

Et si les hommes arrivaient et trouvaient mon livre ? Aurais-je dû l'enterrer comme les autres ?

Aurais-je dû écouter papa ? Ne garder aucun livre à la maison ?

La peur a le même goût que la bave, amer.

– Nous sommes là !

La voix de papa m'est parvenue depuis la cuisine. Vite, j'ai refermé le livre et l'ai caché dans ma paillasse.

– Sayuri ! a dit maman d'une voix fâchée.

Zut, j'ai oublié ! Je devais laver les légumes, le riz, et faire chauffer l'eau pour le bain. Mais je n'ai rien fait de tout cela, j'étais trop captivée par le cerisier…

– Sayuri, qu'est-ce que tu as fait tout l'après-midi ?

– Excuse-moi, maman. J'ai étudié.

– Si tu n'aides pas à la maison, il faut que tu nous aides à la magnanerie.

Maman avait les traits fatigués. Elle a commencé à laver rapidement les légumes.

– Laisse, maman, je vais le faire, a dit Emiko en se tournant ensuite vers moi : Sayuri, tu es une paresseuse. À ton âge, je faisais le déjeuner, le dîner, je rangeais toute la maison…

– La petite dernière, c'est toujours pareil.

Mais papa n'avait pas l'air fâché et il est allé lui-même mettre l'eau à chauffer.

J'ai lancé un regard furieux à Emiko. J'en ai marre d'être la petite dernière, tout le monde me traite comme un bébé, tout le monde me gronde – même Yukio, qui n'a que trois ans de plus que moi. « Sayuri, fais ceci, Sayuri, ce n'est pas comme ça, Sayuri, pourquoi tu fais ça ? »

# le soleil et la lune

De nouveaux vers à soie naissent encore. Ils grandissent. Et ils forment des cocons qui s'en vont en ville. Ils deviennent des foulards, des capes, des vêtements de princesse…

Le soleil passe, la lune passe, les cocons s'en vont, de petits œufs arrivent, de nouvelles petites bêtes naissent...

Quand l'hiver arrive, une pause.

*

Un peu plus d'un an s'est écoulé depuis le jour où nous avons enterré les livres. J'ai commencé à me dire que les hommes ne viendraient jamais. J'espère qu'ils ne viendront jamais. Mais nous continuons à nous cacher pour aller en classe, deux fois par semaine. En plus de l'écriture, nous apprenons également à faire des additions, des soustractions, d'autres opérations.

J'ai fini mon premier cahier. Je l'ai caché tout au fond du panier à brindilles, avec celui de Yukio.

Heureusement, personne n'a dit qu'il fallait le brûler. Je veux le garder.

Papa m'en a donné un nouveau, avec un autre crayon à papier, je ne sais pas d'où il les a sortis. Cette fois, il ne m'a pas dit de l'économiser. Il a bien vu que je faisais attention, que je m'exerçais le plus possible par terre et sur les pailles de maïs.

Maintenant que je connais les *hiraganas*, je peux lire bien plus. Et le professeur a promis de nous apprendre bientôt les idéogrammes.

– Mais il y en a beaucoup, nous a-t-il prévenus.

– Combien ?

– Je ne sais pas exactement.

– Dites-nous, plus ou moins… avons-nous insisté.

– Peut-être autant que les étoiles, a-t-il dit en montrant le ciel par la fenêtre.

Tant que cela ? On ne peut pas les compter ? Il a dit que personne ne les connaissait tous. Nous avons commencé à en discuter. N'exagérait-il pas ?

– Regardez ! Devinez ce qu'il y a à l'intérieur.

Il tenait entre ses mains une boîte en carton. Comme un magicien, il en a sorti un ruban en papier avec un idéogramme dessus.

– Voici le soleil.

La pièce a semblé s'éclairer d'un coup ! Nous avons bien ouvert les yeux pour nous souvenir de ce signe. Il en a sorti un autre de sa boîte magique :

– Et voici la lune.

L'idéogramme rappelait une demi-lune. Une jolie lune.

– Vous pouvez les recopier.

J'ai essayé d'écrire, du plus joliment que j'ai pu : *soleil* et *lune*.

– Mais ces mêmes *kanjis* peuvent avoir un autre sens : le soleil peut aussi signifier *jour* et la lune *mois*, a expliqué le professeur. L'idée du soleil est liée à la journée, et celle de la lune au mois.

Les grands élèves nous regardaient d'un air de dire : c'est facile !

Ça y est, je lisais même les idéogrammes !

Mon père pouvait déterrer les livres. Les hommes n'étaient pas venus. Qu'attendait-on ? Mais je savais que la guerre n'était pas finie. Si elle avait été finie, nous n'aurions pas étudié la nuit. Et si je lui demandais ? Papa dirait : « On ne sait jamais, les soldats peuvent venir à tout instant. » On racontait qu'ils avaient déjà fouillé quelques maisons. Mis des gens en prison. Était-ce la vérité ?

*Soleil* et *lune*. *Lune* et *soleil*. Avec une baguette, je dessine sur le sol de mon jardin. Les poules me regardent d'un air affamé. Elles ont toujours l'air de vouloir plus ! Et elles piétinent mes idéogrammes. Elles se fichent bien de mon soleil et de ma lune. C'est drôle. Tous ces soleils et toutes ces lunes, mêlés à toutes ces empreintes de pattes de poules.

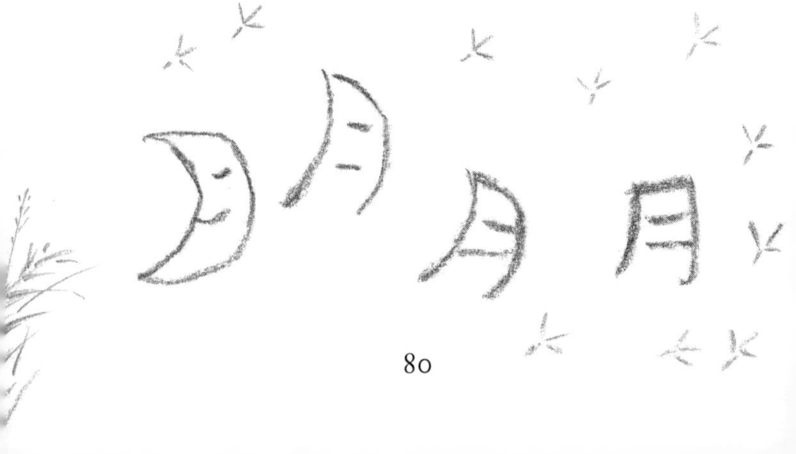

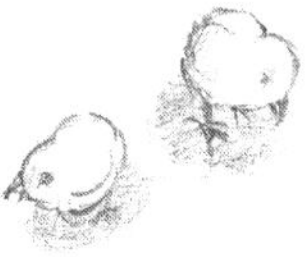

Est-ce qu'Hanae est chez elle ? J'ai envie de lui dire que je sais lire et écrire quelques idéogrammes. De temps en temps, elle vient avec nous à l'école, mais seulement de temps en temps, car elle a beaucoup à faire à la maison.

J'ai abandonné le jardin avec mes soleils et mes lunes, et j'ai couru jusque chez elle. Elle terminait de mettre les vêtements à sécher. Le soleil battait gentiment sur les habits colorés et sur le sourire de ma voisine.

– Comment se passent les cours, Sayuri ?

– Tu sais que nous avons appris deux idéogrammes ?

– C'est vrai ? Lesquels ?

– Le soleil et la lune.

– Bravo.

Le vent est venu s'amuser avec le drap blanc, le soulevant légèrement. Hanae finissait d'accrocher les pantalons des garçons.

À cet instant, des coups ont retenti fortement sur la porte de la maison.

– Qui cela peut-il être ? a demandé Hanae, en lâchant la bassine.

Bizarre. En général, les voisins frappent dans les mains pour signaler leur présence. Ils ne tapent pas sur la porte aussi fort...

Hanae est entrée dans la maison par l'arrière et je l'ai suivie.

Un homme passait la tête par la fenêtre de devant, qui était ouverte. Deux hommes, plutôt : un jeune garçon grand et maigre, et un autre plus vieux un peu gros. Ils portaient tous les deux le même genre de vêtements. Je suis restée à côté de mon amie, essayant de cacher ma peur.

Le plus vieux a posé une question. Mais quelle langue parlait-il ? Je ne comprenais rien. Hanae a baissé rapidement la tête, je ne sais pas si elle comprenait. Étaient-ils les hommes dont mon père parlait ? Venaient-ils fouiller la maison ?

Ils sont entrés, ont inspecté la pièce – et Hanae derrière eux, silencieuse, la tête basse. Ils ont retourné les paniers, les malles, puis sont allés dans une des chambres. Hanae m'a lancé un rapide coup d'œil. J'ai bien vu qu'elle avait peur. Ne sachant que faire, je lui ai serré la main très fort. L'un est allé dans la cuisine, l'autre est sorti de la chambre des parents et s'est dirigé vers celle d'Hanae. Nous l'avons suivi et observé depuis le seuil de la porte. Il a soulevé le matelas. Mon ventre se tordait d'angoisse.

– S'il vous plaît… a demandé Hanae.

C'étaient les seuls mots qu'elle savait dire en portugais.

L'homme a ouvert la malle à vêtements, a plongé la main dedans jusqu'au fond, cherchant quelque chose. Et il a sorti du milieu des vêtements un paquet entouré d'un mouchoir. Il l'a ouvert. À l'intérieur, il y avait quelques lettres et des photos, des portraits. Il a appelé son collègue. Ils se sont parlé un petit moment, puis le plus âgé, celui qui avait l'air le plus méchant, a pris le paquet et l'a emporté dehors.

Les hommes ont jeté les lettres dans le poêle de la cuisine et y ont mis le feu. Le jeune garçon regardait les photos une par une. Hanae a répété : « S'il vous plaît… » puis elle s'est tue, l'implorant juste en inclinant la tête. Il a dû comprendre que ce n'étaient que des portraits de famille et les lui a rendus. Mais les lettres s'étaient transformées en cendres.

L'homme plus âgé a inspecté rapidement le jardin et a appelé son collègue. Ils avaient visiblement terminé la fouille.

Dès qu'Hanae a refermé la porte, j'ai couru à la maison. Allaient-ils venir chez nous ? Je ne pouvais pas les laisser trouver mon livre ! Que faire ? Où le cacher ? J'ai imaginé les hommes entrant dans ma chambre, soulevant mon matelas, trouvant mon livre, et le brûlant, comme ils avaient fait avec les lettres d'Hanae.

Où ? Je suis entrée dans ma chambre, j'ai pris le livre à l'intérieur de la paillasse et j'ai été le cacher dans le panier à brindilles. Il était peu probable qu'ils viennent fouiller là. Ou bien si ? De toute façon, je n'avais pas le temps de l'enterrer. Et soudain, je me suis souvenue du sol du jardin où j'avais laissé tous mes idéogrammes. J'ai couru pour les effacer – mais les poules étaient déjà passées dessus et mes soleils et mes lunes étaient devenus autre chose. J'ai malgré tout rapidement passé un coup de balai.

Il ne restait plus rien, ni soleils, ni lunes. Puis j'ai prié les dieux de la chance en attendant les coups des hommes sur la porte. Et ensuite ? Irai-je ouvrir ou ferai-je semblant qu'il n'y avait personne ? Mais ils ne sont pas venus. Étaient-ils allés chez un autre voisin ? N'y tenant plus, je suis sortie de ma cachette et j'ai jeté un coup d'œil par la fenêtre de la pièce principale. Sayuri, arrête de trembler, me répétais-je. Étaient-ils allés directement au champ pour parler avec mes parents ? Se doutaient-ils des livres enterrés ? Et s'ils arrêtaient toute ma famille ? Et s'ils me laissaient ici toute seule ?

Alors que j'étais déjà persuadée qu'ils avaient emmené ma famille loin d'ici, je les ai vus partir sur leurs chevaux. Au même moment, ma mère revenait vers la maison. J'ai couru vers elle et me suis jetée dans ses bras.

– Qu'est-ce qu'il y a, Sayuri ?

– Maman, deux hommes sont venus... J'ai cru qu'ils allaient nous arrêter.

– Calme-toi... Ils sont partis.

Ils n'étaient même pas venus chez nous. Personne ne serait donc emprisonné ? J'ai été saisie d'une folle envie de pleurer.

– Sayuri, va laver les tomates. Tout le monde va bientôt vouloir déjeuner.

Maman a-t-elle vu les larmes que je cachais ? En tout cas, elle n'a rien dit. Avant qu'elle ou quelqu'un d'autre le trouve, j'ai été reprendre le livre dans le panier à brindilles et l'ai remis dans ma chambre, dans sa cachette habituelle. Pourvu que les hommes ne reviennent pas pour finir d'inspecter les maisons de la région…

Avaient-ils des doutes sur notre école secrète ? Pendant quelques jours, nous sommes allés en classe sans aucune affaire – ni crayons, ni cahiers, ni papier. Sur la route, nous jetions des regards inquiets de tous côtés, craignant que quelqu'un apparaisse soudain et nous demande : « Où allez-vous à cette heure de la nuit ? »

# Sakura-gai !

— Coquillage[16] ! ai-je crié.

J'étais tellement contente que je n'ai pas pu m'empêcher de le crier. L'idéogramme sur la couverture, à côté de *sakura*, cerisier. Coquillage et cerisier dans un même mot. Coquillage-cerisier ? Est-ce un coquillage qui rappelle des pétales de cerisier ?

C'est le titre de mon livre.

Je ne lis pas aussi vite que maman, mais je lis. Je connais déjà plusieurs idéogrammes : soleil, lune, jour, mois, arbre, bois, forêt, montagne, rivière, eau, feu… et maintenant coquillage.

J'ai déjà vu des coquillages dans un livre d'Emiko. Ma sœur m'avait montré qu'ils pouvaient s'ouvrir en deux. Elle m'en avait montré un fermé et un ouvert, les deux parties séparées en leur milieu. Mais j'ignore si c'était un coquillage-cerisier.

Est-ce que le coquillage de mon livre est rose comme la fleur de cerisier ?

16 *Sakura-gai* ou *sakuragai* : deux idéogrammes, *sakura* (cerisier) et *gai* (coquillage), qui s'assemblent pour former le nom d'un coquillage rosé, dont les deux coquilles ressemblent à deux pétales de cerisier.

J'ai tellement envie de raconter ma découverte à quelqu'un ! Dommage que Nami, la fille qui étudie avec moi, soit si silencieuse. Nous ne parlons pas beaucoup. Si elle devenait mon amie, je pourrais lui raconter.

À qui d'autre ? Si je le dis à ma sœur, c'est sûr qu'elle va me gronder et dire que je n'aurais pas dû cacher le livre. Emiko dit tout le temps que je n'aurais pas dû. Elle serait capable de m'ordonner de l'enterrer – et ça, je refuse !

À Yukio ? Sûrement pas. Quand mes parents ne lui demandent pas de les aider, lui, Shin et Seiji vont jouer au cerf-volant ou nager dans la rivière. Ils ne me proposent jamais de les accompagner. L'autre jour, ils sont allés pêcher. Je le sais parce que je les ai vus avec un bidon et des hameçons dans les mains. Je les ai suivis. Lorsqu'ils m'ont vue près de la rivière, ils ont couru dans la forêt et se sont cachés.

La forêt faisait un bruit bizarre, comme s'il y avait un animal tout près. Peut-être un *capivara*[17] ou un singe ? Si c'est cela, ça va encore. Mais… Et si c'était un jaguar ? Papa dit qu'il peut y avoir des jaguars dans la forêt, et il a même dit à Yukio de ne pas y aller. J'ai eu si peur que je suis partie en courant.

17 Animal ressemblant à un très gros cochon d'Inde.

Une fois à la maison, je me suis mise en colère après les garçons. Pourquoi ne m'emmenaient-ils jamais ? Qu'est-ce que cela leur coûterait ? Je n'allais pas les gêner, je voulais juste me mouiller les pieds et regarder les bancs de petits poissons.

Alors, raconter mon secret à Yukio ? Jamais de la vie !

*

Le coquillage-cerisier s'ouvre peu à peu. Il me montre la rivière, les eaux, les arbres de la montagne, les animaux… Il me montre chaque jour un peu plus le goût caché de lire toute seule.

*

Par la fenêtre, j'ai vu le ciel s'embraser. Il est temps de fermer mon livre. Maman sera furieuse si j'oublie de laver le riz et les navets. Aujourd'hui, on mange des navets bouillis. Cela n'a aucun goût ! Ensuite, nous allons en classe.

J'ai plongé une tasse dans le bidon d'eau, et l'ai versée dans la bassine. J'ai refait le geste plusieurs fois, jusqu'à ce qu'il y ait assez d'eau pour laver les légumes.

Et si je le racontais à Hanae ? Ma voisine est tellement gentille !

La terre est partie, l'eau est devenue marron et les navets plus clairs. Ils poussent sous la terre sombre – et pourtant ils sont si blancs ! J'ai pris une éponge et je les ai frottés, cette fois-ci je n'ai pas oublié.

Hanae s'est toujours bien occupée de moi, depuis que je suis toute petite. Un jour, j'avais envie d'avoir un ver à soie et j'en avais rapporté un de la magnanerie. Tous les jours, j'allais lui chercher des feuilles de mûrier. La larve blanche grandissait. Jusqu'à ce que papa revienne de la ville avec un jouet pour moi : une dînette ! Une casserole, une poêle et des petites assiettes colorées... Je n'en avais jamais eue, me servant de feuilles comme assiettes, de fleurs et de feuilles comme aliments… Je me suis tellement prise de passion pour mon nouveau jouet que j'ai oublié de donner à manger à ma petite bête. Et elle est morte…

Toute la famille était occupée avec les autres petites bêtes qui réclamaient à manger. Je pleurais toute seule dans le jardin quand Hanae était venue me voir. « Sayuri, que se passe-t-il ? Ta petite bête est morte ? » Elle m'a aidée à l'enterrer. Dessus, nous avons déposé quelques fleurs, et nous avons même planté une branche de mûrier.

C'est décidé. Pourquoi n'y ai-je pas pensé avant ? Je vais tout raconter à Hanae. « Sayuri, tu as bien appris. Tu lis un livre toute seule ? » Elle va me féliciter. Quand vais-je lui dire ? De temps en temps, elle vient en classe avec nous et aide le professeur, corrige nos devoirs. Mais ce n'était pas le bon moment pour parler avec elle, il y avait toujours quelqu'un à proximité. Peut-être l'après-midi ? Quand elle s'occupait du jardin ? Ou bien quand elle allait ramasser les salades dans le potager ?

J'ai mis les navets propres sur le plateau à côté de la bassine. Emiko est arrivée pour préparer le dîner.

– Allez, Sayuri ! Prends la grande casserole, vite !

Finie la tranquillité. Emiko voulait toujours tout, tout de suite.

– Tu vas être en retard en classe.

Elle s'est mise à couper les navets en grosses rondelles. Si seulement elle ressemblait à mon amie !

Après le repas, j'ai rejoint mon groupe de voisins pour aller en classe, et j'ai vu Hanae. Chouette ! Mais ce soir-là, elle était silencieuse, dans ses pensées. La faible lumière de la lanterne l'éclairait et je l'ai vue sourire toute seule, le regard dans le vague. Je n'ai pu m'empêcher de lui demander :

– Qu'est-ce que tu as, Hanae, tu es contente ? Qu'est-ce qu'il y a ?

– Moi ? Rien, rien…

Elle me cachait quelque chose. Et quelque chose d'agréable. Pourquoi ne voulait-elle pas me le dire ?

Même pendant la classe, Hanae ne s'est pas départie de ce sourire que je n'arrivais pas à déchiffrer. De temps en temps, elle regardait le professeur. Lui aussi semblait plus gai que d'habitude.

La classe était terminée et nous attendions nos cahiers. Le propriétaire de la maison nous a appelés :

– Ne partez pas tout de suite. J'ai deux nouvelles à vous annoncer : une bonne et une triste.

Nous nous sommes regardés, curieux. Des nouvelles ?

– La triste nouvelle, c'est que votre professeur Shimada ne pourra plus vous faire cours l'année prochaine.

Nous sommes restés muets, interdits, attendant la suite.

– Et la bonne nouvelle, c'est que le professeur Shimada et Hanae vont se marier.

Se marier ? J'aurais dû être heureuse – les mariages sont toujours une fête.

– Remercions le professeur et félicitons les futurs mariés.

Ils allaient habiter loin d'ici, dans une autre ville. Hanae ne sera plus ma voisine ?

Le propriétaire de la maison a ouvert quelques bouteilles de Guarana[18] et l'a distribué dans des gobelets. J'adore le Guarana, j'attends toujours le Nouvel An avec impatience pour en boire – mais il avait un goût amer, cette fois-ci.

Hanae est partie juste après le Nouvel An. Sans faire de fête. Papa a dit qu'ils allaient faire un mariage en famille, l'époque n'était pas aux grandes réjouissances. En ce moment, c'est ainsi, il n'y a de fêtes nulle part. Et moi qui voulais voir Hanae dans sa robe de mariée… J'aurais tant aimé aller à son mariage !

18 Boisson gazeuse et sucrée, très populaire au Brésil, faite à base d'une plante naturelle (le guarana).

Je me suis souvenue des mariages d'autrefois, dans notre communauté : tous les voisins participaient et préparaient le repas pendant trois jours. Il y avait de grands feux entourés de briques dans le jardin, la fumée s'élevait dans le ciel, et partout des voix, des rires, des enfants qui jouaient. « Attention aux casseroles, allez jouer plus loin ! » criaient les mamans.

Avant de partir, Hanae est venue nous dire au revoir. Étonnée de mon silence, elle s'est approchée, m'a caressé les cheveux et m'a demandé :

– Qu'est-ce qu'il y a, Sayuri ?

Je regardais fixement le pied de la table.

– Ne sois pas triste. Tu viendras me voir, un jour.

Un jour ? Quand ? Je savais que ce jour-là pouvait tarder. J'avais entendu mes parents dire que nous n'avions pas le droit de voyager. Pour voyager, il fallait une autorisation. De qui ? Des mêmes hommes qui étaient venus fouiller les maisons, qui avaient fait fermer l'école ? Si c'était le cas, je n'étais pas près de pouvoir rendre visite à Hanae !

Ma voisine a dit au revoir à mes parents et est rentrée chez elle. Je ne la reverrais peut-être plus jamais. J'aurais dû lui dire… Que j'espérais qu'elle serait très heureuse. Mais elle était partie avant que je me décide à parler.

Qu'est-ce qui était le plus triste ? Hanae et notre professeur qui s'en allaient, ou ne plus avoir cours ? J'avais entendu les parents dire qu'ils essaieraient de trouver un autre volontaire. Il faudrait attendre, de nouveau.

Yukio semblait content de ne plus avoir à aller en classe la nuit, et de ne plus marcher sur la route avec la lanterne à la main. Mais c'est parce qu'il sait déjà bien lire. Moi, pas encore. Je bute encore sur un grand nombre de lettres. Je lis à ma façon, hésitante, lente.

Ils ont trouvé d'autres volontaires, des jeunes qui voulaient nous faire cours, motivés. Mais ils étaient comme les parents, surchargés de travail, et nous avons dû arrêter au bout de quelques mois. Et un nouvel été est passé.

Nous avons eu encore un nouveau professeur, qui s'est arrêté un peu avant la saison des kakis. Après lui, plus personne. Les parents voulaient réunir deux groupes, mais il y avait deux problèmes : la distance et le risque de se faire remarquer.

Nous sommes restés plusieurs mois sans avoir classe. Les arbres à kakis ont perdu peu à peu tous leurs fruits, les branches se sont de plus en plus dévêtues, puis sont restées complètement nues. Le froid était là.

# Un autre monde ?

Le froid arrive, reste un peu, et s'en va. Peu à peu, les jours se réchauffent. Des jours agréables pour se balancer dans le goyavier, les pensées errant ici et là… Je pense à Hanae et à nos anciennes leçons. Quand la classe reprendra-t-elle ?

Perdue dans mes pensées, je n'ai même pas vu Shin s'arrêter près de la clôture. Il a l'air d'avoir quelque chose à dire. Mais il reste muet. Qu'est-il venu faire ici ? Il s'est approché davantage, toujours silencieux, indécis. D'habitude, il n'a pourtant pas de problème pour parler !

– Qu'est-ce qu'il y a ? ai-je demandé.

– Je pensais aux cours…

– Les parents ont trouvé un nouveau professeur ?

– Pas encore. Et si on allait jusqu'à l'école de la ferme São Pedro ?

– Pour étudier ?

– Pour voir.

– Mon père dit que c'est très loin.

– Je connais le chemin. On peut y aller en cachette, vu que tout le monde est occupé, personne ne remarquera rien.

– Je ne sais pas… et ensuite ?

– On demande si on peut aller dans cette école.

– Tu crois qu'ils voudront bien ?

Mais je mourais trop d'envie d'y aller. Alors j'ai ajouté :

– Quand est-ce qu'on y va ?

– Demain. Après le déjeuner. Dis que tu viens chez moi.

– Et ton frère ?

– Il aide mon père, il n'a pas le temps.

– Yukio aussi. Et de toute façon, il se fiche un peu de l'école.

– Je crois que Nami veut y aller, elle aussi.

Nous avons convenu de nous retrouver demain après le déjeuner, près du manguier.

J'ai passé le reste de la journée à penser à l'école de la ferme. Réussirons-nous ? Si j'aime bien cette école, je demanderai aux parents s'ils veulent bien que j'étudie le portugais. Si j'y vais avec Shin et Nami, ils accepteront peut-être…

À la fin du déjeuner, j'ai dit à ma mère que j'allais chez Shin.

– Pour faire quoi ? Hanae n'est plus là, s'est

étonnée ma mère.

– Shin va m'apprendre quelques idéogrammes.

– Ah oui ? Je croyais que seuls la pêche et les jeux l'intéressaient, a fait remarquer Emiko.

– Je peux ?

– Oui, mais ne rentre pas tard.

– Je t'accompagne ! a dit Yukio.

Zut ! Allait-il gâcher notre plan ?

– Non, Yukio, ton père veut que tu l'aides à bêcher le champ de mûres. Sayuri, n'oublie pas de ranger la cuisine avant de partir.

J'ai vite lavé les assiettes, les casseroles et j'ai couru vers le manguier où nous avions rendez-vous. Shin et Nami m'attendaient déjà.

Nami continuait à ne rien dire, je ne savais même pas dire si j'étais contente qu'elle vienne avec nous. De toute façon, il serait plus facile de demander à nos parents l'autorisation d'étudier à l'école de la ferme si nous étions trois.

Nous avons marché un moment sur le chemin avant d'arriver sur la route principale.

– Et si quelqu'un nous voit ? ai-je demandé.

– On se cachera, a affirmé Shin.

Quelques minutes plus tard, nous avons entendu le bruit d'un cheval au galop. Nous nous sommes réfugiés dans le bois d'eucalyptus. Ensuite, nous avons traversé une canneraie[19] qui semblait ne jamais finir… Enfin, nous sommes arrivés sur les terres de la plantation de café São Pedro. Les caféiers étaient fleuris, les branches chargées de fleurs étoilées, blanches et parfumées. Les travailleurs travaillaient en groupes, et il était facile de les contourner pour ne pas être vus. Nous avons continué notre marche sans voir personne dans la plantation.

– C'est encore loin ? ai-je demandé au bout d'un moment, trempée de sueur.

– Nous arrivons à la ferme. L'école est après.

Enfin, nous sommes sortis des champs de caféiers et avons gagné la route. J'ai commencé à sentir de l'appréhension.

– Là ! a dit Shin en s'arrêtant et en montrant l'école du doigt.

Le bâtiment était situé un peu en hauteur. Il était bien plus grand et plus joli que l'école de notre communauté. Des murs bien blancs avec des fenêtres bleues et une grande pelouse devant. Quels enfants étudiaient là ? Et le portail n'était même pas fermé ! Que faire ? S'approcher, entrer ?

– Si quelqu'un vient, qu'est-ce qu'on fait ? a chuchoté Nami.

19 Champ de canne à sucre. La canne à sucre et le café sont deux cultures très répandues au Brésil.

– Shin, tu parles portugais ?

Il est resté silencieux. Il n'y avait même pas pensé !

Nami était cachée derrière les fleurs qui s'enroulaient sur le portail comme si elles nous souhaitaient la bienvenue. Moi aussi j'avais envie de me cacher…

– Shin, tu es le plus vieux. Et c'est toi qui as eu l'idée. Vas-y.

Aucun de nous n'avait le courage de s'approcher.

Une cloche a sonné – et aussitôt, une horde d'enfants est sortie, certains mangeant un en-cas, d'autres courant derrière une balle. Ils étaient très différents de nous – les cheveux blonds ou châtains, les cheveux très frisés, la peau chocolat, la peau claire, la peau brune… Il y avait une petite fille aux cheveux noirs et lisses comme les nôtres, et très bronzée.

Je n'avais envie que d'une chose : partir en courant. Mais après avoir autant marché, s'enfuir ainsi ?

Un élève nous a vus, s'est arrêté et nous a montrés du doigt. Aussitôt, une multitude d'enfants s'est approchée de nous. Mais impossible de comprendre ce qu'ils disaient ! Une femme est apparue à la fenêtre, ce devait être la maîtresse. Elle avait la peau claire, les cheveux châtains tirés en arrière.

Tout le monde nous regardait.

Nami a fait demi-tour en courant. Que faire, la suivre ? J'ai regardé Shin avec hésitation.

– On s'en va ? ai-je demandé.

La maîtresse est venue dans notre direction en s'adressant à nous. Mais là encore, je ne la comprenais pas. Je me suis souvenue de la discussion de mes parents : « Et s'ils la traitent comme une ennemie ? Ce sont des enfants, que savent-ils de la guerre ? Les enfants parlent entre eux… »

J'ai rejoint Nami en courant, suivie par Shin. Un peu plus loin sur la route, nous nous sommes arrêtés pour reprendre notre souffle. Au loin, les enfants se dispersaient sur la pelouse, et la maîtresse avait disparu à l'intérieur. Nous avons encore couru jusqu'à rejoindre les caféiers, puis nous avons fait le chemin du retour en silence. Ce monde que j'ai entraperçu m'a semblé si différent, et en même temps si effrayant...

Qu'avait bien pu dire la maîtresse ? Comment étudier là-bas sans comprendre sa langue ?

– Et si la maîtresse le dit à quelqu'un ? Si elle dit que nous sommes venus espionner ? ai-je demandé.

– Qu'est-ce qu'on a fait de mal ? On n'a fait que regarder ! s'est exclamé Shin.

– Je ne sais pas…

C'était vrai, nous n'avions fait que regarder, mais comme nous ne savions pas trop ce que nous pouvions et ne pouvions pas faire…

Je mourais de soif, je me suis imaginée à la maison, en train de remonter le seau du puits et de boire toute l'eau d'un coup ! Sur le chemin, nous avons cueilli des oranges – pas assez mûres pour étancher complètement notre soif, mais suffisamment pour nous désaltérer.

– Dépêchons-nous, a dit Nami en accélérant le pas.

Je suis arrivée à la maison tellement fatiguée, affamée et pleine de poussière qu'Emiko a tout de suite flairé quelque chose de bizarre.

– Je croyais que tu étais allée étudier chez Shin ? Où êtes-vous allés ?

– Nous avons travaillé. Ensuite, nous sommes allés jouer près de la rivière.

– Fais attention, Sayuri. La rivière peut être dangereuse.

– Je sais.

– Va faire chauffer l'eau du bain, tu es en retard.

– Je sais, j'y vais.

Je me suis assise près des bûches, et les ai disposées dans le foyer avec les brindilles. J'avais une de ces envies de dormir ici même, appuyée sur le tas de bois… Mais il fallait que je m'occupe du feu, les parents allaient bientôt rentrer du champ et voudraient se laver.

Réussirais-je un jour à étudier dans cette école ? Mais comment comprendre la maîtresse ? Et les autres élèves ?

Je suis allée me coucher tôt cette nuit-là. Et je me suis endormie à peine la tête sur l'oreiller.

世界

# Deux envies

Certaines envies ne vont jamais seules, elles sont collées l'une à l'autre – mais cela ne veut pas dire qu'elles sont amies. Par exemple : manger une sucrerie que j'aime ou ne pas la manger. Si je la mange, la sucrerie est finie. Ne pas la manger et rester à la regarder ? Impossible !

Terminer de livre un livre ou ne jamais le terminer. Imaginer ce qu'il y a à l'intérieur d'un coquillage-cerisier. Ne pas l'ouvrir en entier. Si je le termine, que lirai-je ensuite ?

Et je reste avec mes deux envies, qui se disputent à l'intérieur de moi.

J'ai envie de demander à papa : « Pourquoi ne vas-tu pas déterrer les livres sous l'avocatier ? Les hommes ne sont pas venus fouiller notre maison… » À part ce jour où ils sont presque venus jusqu'ici, nous ne les avons plus jamais revus. Ils ne viendront peut-être jamais.

Mais, d'après papa, les soldats continuaient à fouiller des maisons. Et des gens avaient été emprisonnés uniquement parce qu'ils discutaient en groupe. Quand papa va en ville, il ne peut pas discuter avec ses amis comme avant. Il doit faire très attention, il y a du monde, il y a les policiers.

Maman dit que notre ferme est très éloignée de la route principale, et que pour cette raison nous sommes plus tranquilles. Elle ne pense pas que les hommes reviendront. Mais papa insiste pour ne pas baisser la garde.

J'espère qu'ils ne viendront jamais !

Bientôt, j'aurai fini le livre. Et après ? Comme je n'ai pas envie de le terminer, je l'ai repris du début et l'ai relu une nouvelle fois. À la fin de l'histoire, d'autres goûts seraient peut-être cachés. Plus doux ou plus amers ? Ou avec un goût de larmes ?

J'étais partagée : ouvrir le coquillage en entier ou non ? J'en avais envie et pas envie en même temps. Si je l'ouvre, je ne pourrai plus imaginer son goût. Mais si je ne l'ouvre pas, je ne connaîtrai jamais son goût…

J'étais en train de compter combien de pages il me restait avant la fin quand mon voisin Shin m'a appelée par la fenêtre de la cuisine :

– Sayu ! Tu es là ?

À contrecœur, je suis allée voir ce qu'il voulait.

– Ils ont trouvé un nouveau professeur ! m'a-t-il annoncé depuis la fenêtre.

– C'est vrai ? ai-je dit en me précipitant dans le jardin. Qui est-ce ?

– C'est le père de Nami qui nous l'a annoncé. C'est un professeur qu'il connaît, il habite dans une autre communauté et il a accepté de venir nous faire la classe. C'est un ancien professeur.

– Un vrai professeur ?

– Oui, qui a déjà enseigné dans une vraie école.

– Quand est-ce que les cours commencent ?

– Demain. Le premier mois, nous ferons classe chez Nami.

Demain. Enfin, la classe va reprendre ! J'ai regardé la cime de l'avocatier. Un nid de fourrier roux, tout là-haut ! J'adore observer son nid en terre tout rond.

Et la classe a repris. Comme avant, deux fois par semaine. Certes, parfois, je me passerais bien de marcher la nuit, la lanterne à la main, mais même ces petites peurs nocturnes ne manquaient.

Ce qui est pratique, c'est que la maison de Nami est tout près. Jamais je n'ai eu classe aussi près de chez moi. Je passe chercher Shin et nous y allons ensemble.

Notre nouveau professeur est un monsieur âgé, maigre, aux cheveux presque blancs. Au début, il me faisait un peu peur, et je ne lui souriais pas. Mais après, j'ai compris qu'il était sérieux et non en colère. Il nous a dit qu'il avait été professeur au Japon pendant de nombreuses années, avant de déménager au Brésil et de travailler dans les plantations de café.

Il habite dans une communauté voisine. Il arrive sur son cheval, avec ses vêtements élimés et son grand chapeau de paille sur la tête, comme s'il allait travailler aux champs. Mais avant de nous faire cours, il change de vêtements. Il enfile un costume, vieux mais très propre. Il a réellement l'air d'un maître d'école. Et pas uniquement à cause de son costume : il connaît vraiment beaucoup de choses. Je peux sentir qu'il est très fier de nous apprendre tout cela.

Le premier jour, il a demandé à tous les élèves de se réunir. Sur une petite ardoise, il a fait un cercle à la craie et nous a expliqué : voici la Terre, et voici la partie du monde où nous vivons. J'ai essayé de deviner où habitaient mes grands-parents, les parents de mon père. Ceux de ma mère sont déjà morts.

– Le monde est grand ? a demandé l'un des élèves.

– S'il est grand ? Le monde est infini. Mais un monde peut également être très petit. Pense aux cocons des vers à soie : c'est aussi un monde...

Puis il a parlé de la grande ville, en disant que c'était un autre monde. Là-bas, les maisons étaient collées les unes aux autres, il y avait des magasins, des épiceries, la gare…

– Vous avez déjà pris le train ? a demandé l'un des garçons.

– Très souvent. Avant, je voyageais beaucoup. J'ai connu beaucoup d'endroits…

– Le train va vite ? Plus vite que l'autobus ? ont demandé les enfants.

Papa dit tout le temps que nous habitons au fin fond du monde. Et le début ? J'ai regardé le dessin du professeur. Puisque la Terre est ronde, la fin du monde est-elle aussi le début ?

Monter dans un autobus, connaître la grande ville, prendre le train. J'ai soudain eu envie de connaître d'autres mondes : étudier à l'école de la ferme São Pedro, habiter dans des lieux différents, en ville, où il doit y avoir tellement d'écoles, tellement de choses que je ne connais pas encore… Mais en même temps, je veux habiter toujours au même endroit, près du goyavier, de la balançoire, du nid de fourrier roux, de tout ce que je connais. C'est bien ce que je disais ! Pourquoi les envies opposées viennent-elles toujours ensemble ?

# Parmi les pailles de maïs...

Le riz a brûlé. Le *feijão* est dur comme de la pierre et a un goût bizarre. Qu'est-ce que j'ai fait de travers ? En plus, j'ai mis trop de sel. Mon premier déjeuner n'est pas bon. Yukio fait la grimace, papa ne dit rien et mastique avec force. Maman rit un peu, et me rassure : bientôt, je saurai cuisiner. Emiko reste pensive – ce doit être pour mieux me dire ensuite ce que j'ai fait de travers.

*

Désormais, j'ai davantage de tâches à faire à la maison, dont celle de préparer le déjeuner tous les midis. Jusqu'à l'année dernière, je n'avais jamais vraiment cuisiné, je faisais un œuf au plat de temps en temps, je lavais le riz, j'épluchais et coupais les légumes. Emiko m'a expliqué : « Sayuri, pour ne pas faire brûler le riz, diminue un peu le feu. Pour que les *feijão* soient bons, n'oublie pas de rajouter de l'ail, et n'aie pas la main trop lourde sur le sel, il vaut mieux le mettre peu à peu. »

Alors que je terminais la vaisselle du déjeuner, en frottant avec vigueur le fond de la casserole pour décoller le riz brûlé, mon père a passé la tête par la porte de la cuisine :

– Va chez Shin quand tu auras fini, m'a-t-il ordonné.

– Pour faire quoi ?

– Nettoyer le hangar. Le père de Shin pense que vous pourriez y faire classe. Yukio est déjà là-bas.

J'ai jeté l'eau sale, rangé la vaisselle propre, passé un torchon mouillé sur la table et suis allée en courant chez nos voisins. Yukio et Shin étaient en train de sortir les objets du vieux hangar qui s'était transformé en dépôt. Des sacs remplis de pailles de maïs et d'étoupe[20], des bidons de kérosène vides transformés en seaux, des bêches, des pelles et une vieille malle en osier, plus petite que celle que nous avions à la maison et qui tombait en miettes. Quelle poussière ! J'ai éternué plusieurs fois. Mais j'étais contente que la classe ait lieu si près.

– Mettez tout dans un coin. Mon père construira la table et trouvera des tabourets, a expliqué Shin.

Nous avons décidé de tout ranger du côté droit pour garder le côté gauche pour la classe. Shin essayait de déplacer tout seul la vieille malle.

20 Déchets de fibres de chanvre ou de lin.

– Aide-moi ! a-t-il dit.

Yukio et moi l'avons soulevée par l'autre côté.

– Qu'est-ce qu'elle est lourde ! Qu'est-ce qu'il y a dedans ? ai-je demandé.

– Sayu, tiens-la !

Trop tard ! Elle était tellement lourde que je l'ai laissée glisser et un des côtés s'est ouvert en tombant.

– Regardez ! s'est exclamé Shin.

Protégés sous une masse d'étoupe… une montagne de livres !

– Ils sont à ton père ? ai-je dit, en regardant les livres étalés par terre.

– Ce sont ceux de ma sœur…

– D'Hanae ?

– Oui, elle adorait lire. J'avais bien vu qu'ils avaient disparu un jour de la maison, mais je ne savais qu'elle les avait cachés là... Elle n'a pas dû pouvoir les emporter avec elle quand elle s'est mariée.

– Qu'allons-nous en faire ? ai-je demandé en les ramassant un par un.

– Il vaut mieux les laisser là où ils étaient, dans la caisse, a dit Yukio.

– Est-ce que je peux en prendre un pour le lire ?

– Et si les hommes viennent ? Et il faut demander à Hanae, ils sont à elle.

Yukio m'a aidée à les remettre dans la caisse. Des livres avec des illustrations, des livres sans illustrations, il devait y avoir beaucoup d'histoires dedans. Je me suis souvenue des histoires que ma mère me lisait. J'avais envie d'en rapporter quelques-uns à la maison… Mais Hanae était si loin, comment lui demander ?

– Cachons bien la malle.

Ils ont appuyé le côté cassé contre le mur et ont mis d'autres objets par-dessus.

Pourquoi papa n'avait-il pas fait pareil avec nos livres ? J'aurais pu en lire un de temps en temps. Mais je connaissais sa réponse. Si les hommes les trouvaient, nous pourrions tous finir en prison. Hanae avait pris un risque. Était-ce cela qu'elle craignait, le jour où les hommes étaient venus ? Avaient-ils fouillé le hangar ? Et elle n'avait même pas pu emporter ses livres quand elle était partie…

Nous avons continué le rangement et avons réussi à dégager un grand espace. Profitant du sommeil des vers à soie, mon père et M. Tanaka ont construit une grande table en rassemblant plusieurs troncs. « Il ne faut pas que cela ait l'air d'une salle de classe », conseilla la mère de Shin. Nous avons alors décidé que les caissons qui serviraient de tabourets seraient empilés le reste du temps sur la table, avec les autres ustensiles des champs.

Dès la semaine suivante, nous avons eu notre première leçon chez Shin.

Le professeur voulait que nous améliorions notre écriture, ayons une bonne calligraphie, une bonne rédaction, sachions écrire des lettres. Des lettres pour qui ? Pour Hanae ? Le jour où elle était venue nous dire au revoir, je ne lui avais même pas dit combien je l'aimais. Une lettre pour Hanae – c'était une bonne idée.

– N'oubliez pas pour la prochaine fois : chacun écrit ce qu'il a vu.

– Peu importe ce que c'est, professeur ? a demandé un élève.

– Tout ce qu'il a vu, tout ce qu'il a senti. C'est la première étape.

*

Je regarde le chemin : l'herbe haute, les arbres, la route de terre. La taille des arbres, le vent qui agite les feuilles, les cailloux.

À la maison, j'ai écrit sur mon cahier. J'ai parlé de la terre rouge avec laquelle le fourrier roux fait son nid, de la terre sombre du potager, de la terre marron-gris du jardin, des boutures que maman plante et des escargots que je trouve.

*

Un jour, Yukio et moi avions fait une course d'escargots. Le mien était allé d'un côté et le sien de l'autre. Nous avions repris chacun notre escargot et recommencé. Mais le mien avait enfoncé sa tête dans sa coquille, il ne voulait plus sortir. Yukio avait dit qu'il avait gagné. « Ça ne compte pas ! » avais-je dit. Et Yukio était parti jouer avec les voisins.

J'ai écrit sur cela et sur beaucoup d'autres choses : la blette est vert clair, le poireau a la tête blanche et les feuilles vert sombre, le chouchou est vert d'eau. J'aime bien les blettes avec du riz, je n'aime pas les poivrons, j'aime les aubergines seulement si elles sont frites et pas si elles sont bouillies. Mais ce que j'aime le plus, c'est la pâte de fruits à la goyave et le Guarana. Et les biscuits de rouroute, bien sûr.

Et le cerisier ? Sur le cerisier, j'ai préféré ne rien écrire pour l'instant. J'ai préféré le garder encore un peu à l'intérieur de la coquille.

Cette nuit-là, tandis que je regardais le ciel étoilé à travers la fenêtre de ma chambre, je me suis souvenue que je ne pouvais pas écrire à Hanae. Pas tant que la guerre n'était pas finie. Ils pouvaient découvrir que nous étudiions en cachette. J'ai pensé une nouvelle fois à l'école de la ferme São Pedro. Si je savais écrire en portugais, je pourrais envoyer une lettre à Hanae. Elle ne pourrait peut-être pas la lire, mais elle saurait que je l'aime beaucoup.

# Des coquilles qui ne s'ouvrent pas

Je prends mon élan sur la balançoire et me jette dans l'air. En avant, en arrière. La branche du goyavier fait un bruit curieux. Suis-je trop lourde ? Avant, elle ne grinçait pas. J'arrête de me balancer. Là, sur le tronc, la marque que Yukio, Emiko et moi avions gravée au couteau. Je me mets debout et compare. Je dépasse de loin l'ancienne marque.

*

Trois ans se sont écoulés depuis ce jour où nous avons enterré les livres. J'ai commencé à entendre des conversations différentes entre les adultes. « La guerre est finie. » « Ce n'est pas sûr », répondaient certains.

Bien sûr que j'ai prié pour que ce soit vrai, pour que la guerre soit vraiment finie. Mais personne ne sait vraiment. À l'autre bout du monde. Comment être sûrs ?

– Si au moins nous pouvions lire les journaux, disait ma mère...

En ville, il y a des journaux en portugais. Quel dommage que personne ne sache lire, car nous saurions pour de vrai si la guerre était vraiment finie.

J'ai continué à penser à l'école de la ferme São Pedro. Même si elle était loin, même si je ne comprenais pas ce que disait la maîtresse, même si les enfants ne me ressemblaient pas, je pourrais étudier là-bas. Mais avant, il fallait être sûrs que la guerre était terminée.

Un ami de mon père a juré l'avoir entendue à la radio. La voix de l'Empereur. Disant que le Japon avait perdu la guerre. La majorité des habitants des communautés voisines n'y croyait pas. C'était une erreur, les dieux ne le permettraient pas ! Mais personne n'était totalement sûr…

Et le temps est passé, à toute vitesse, comme d'habitude. Impossible d'en savoir plus. Impossible de convaincre papa de déterrer les livres.

Le Nouvel An est arrivé. Des *mochis* pour les dieux et les ancêtres. J'ai fait deux vœux : que j'aille étudier à l'école de la ferme et que nos livres reviennent bientôt.

*

De plus en plus d'adultes disaient que la guerre était terminée. Et que le Japon était complètement détruit. Mais il y avait toujours quelqu'un qui affirmait que le Japon avait gagné la guerre, et qu'il retournerait bientôt sur la terre où il était né.

Dans le doute, nous avons continué à étudier la nuit, à la lumière des lanternes. Le vieux hangar de la famille de Shin devint notre école perpétuelle. Cela voulait bien dire que les parents avaient moins peur d'être découverts, nous n'avions plus besoin de déménager régulièrement l'école.

Je ne me plains pas de notre professeur, il est très savant, il nous apprend beaucoup de choses… Les parents disent qu'il est très heureux, il a toujours aimé faire classe.

L'autre jour, il a complimenté ma rédaction. J'avais écrit sur les tâches domestiques que j'aimais le plus : aller chercher les œufs et allumer le feu pour chauffer l'eau ; et sur celles que je n'aimais pas : laver les casseroles.

Un autre jour, un élève lui a demandé si la guerre était finie. Le professeur a répondu que oui, mais que la suite était toujours floue, pour l'instant. Nous n'étions pas encore autorisés à rouvrir l'école. Pour l'instant. Et il nous a demandé de ne pas parler de la fin de la guerre, même avec nos parents. « Pourquoi ? » « Il ne vaut mieux pas, c'est très compliqué, a-t-il répondu. Attendons. » Et il nous a demandé d'être patients, car la situation évoluait.

Bizarre. Si ça se trouve, la guerre n'est même pas finie ! ai-je pensé. Et si c'étaient des mensonges ? Car pourquoi continuions-nous à étudier en cachette ? Pourquoi cette autorisation tardait-elle tant ? Pourquoi papa ne déterrait-il pas les livres ?

*

Le temps est partout… Dans les œufs qui éclosent et laissent sortir les petits poussins, dans la couleur rouge des kakis, dans le froid qui arrive. Quand il fait vraiment froid, quand le givre blanchit tout, mes parents ne peuvent pas élever de vers à soie. Et les jours où il fait vraiment très, très froid, nous nous serrons devant le poêle, à manger des patates douces et des cacahuètes grillées.

Mais prendre un jour de repos ? Jamais. C'est à cette époque que les mûriers sont taillés pour que naissent de nouvelles branches, pour que les prochaines petites bêtes aient des feuilles tendres, brillantes. Et mes parents doivent encore s'occuper de l'entretien de la magnanerie : couper les graminées, faire les nouvelles claies sur lesquelles les vers construiront leurs cocons.

Je dois m'acquitter d'encore plus de tâches désormais, et je ne sais pas par où commencer. Le pire pendant l'hiver, c'est de faire la lessive : l'eau me congèle les mains.

La saison du froid s'en est allée et le temps a commencé à se réchauffer, un peu plus chaque jour.

Dimanche. Des voisins sont venus parler à mes parents, je les ai vus dans la pièce principale, qui montraient des lettres. À la couleur des enveloppes, je les ai reconnues. Les lettres de l'autre bout du monde. Cela faisait longtemps qu'elles avaient disparu.

La guerre est finie, c'est vraiment vrai. J'en ai eu la certitude lorsque j'ai vu les lettres. C'était sûr. J'ai eu envie de sauter, de chanter ! N'était-ce pas ce que devaient faire aussi les adultes ? N'étaient-ils pas heureux ?

Quand les voisins sont partis, papa est resté assis, tête basse. Je ne comprenais pas. Je ne l'avais jamais vu aussi triste – même quand il avait enterré les livres. Pourquoi ? Il resta muet pendant le dîner. Personne ne parlait. Et quand nous sommes tous allés nous coucher, il est resté éveillé longtemps, tout seul devant son verre de *cachaça*[21].

21 C'est l'alcool le plus populaire au Brésil, que l'on fabrique à partir de la canne à sucre. Cela ressemble au rhum – c'est un alcool très fort !

– Pourquoi papa est triste alors que la guerre est finie ? ai-je demandé à maman le lendemain.

– Parce qu'il n'a plus de terre où rentrer.

– Et notre ferme ? Ce n'est pas ici, notre terre ?

Elle a hoché la tête : « Oui nous avons cette terre, notre chez-nous est ici. Mais ton père n'est pas triste uniquement à cause de la maison ou de la terre. Il n'a plus de terre où rentrer », a-t-elle répété plusieurs fois.

– À vrai dire, nous savions tous que la guerre était finie, a-t-elle ajouté.

– Comment cela ?

– Je crois que ton père préférait fermer les yeux. Il avait du mal à accepter que son pays ait perdu la guerre.

« Mais j'ai vu les lettres arriver, cela veut dire que tout le monde n'est pas mort. Nous avons peut-être encore de la famille vivante. Il ne faut pas qu'il soit si triste ! », ai-je dit. « Aucun pays n'est le même après la guerre, a expliqué ma mère. Le pays où nous sommes nés, où nous avons grandi et que nous avons laissé n'existe plus. Tu es encore petite pour comprendre… »

Et elle a ajouté que nous allions vivre ici pour toujours et que c'était sur cette terre que nous serions enterrés. « Papa le sait. Mais laisse-le avec sa tristesse pendant quelques jours. Bientôt, il recommencera à penser à la terre, aux vers à soie, aux plantes. » Et elle a soupiré profondément.

J'avais beaucoup de peine pour papa.

# Des coquilles ouvertes

Sur l'étagère, il y a de nombreux objets : des pommes de pin que j'ai ramassées, des fleurs faites par Emiko avec des épis de maïs, une vache et une tortue en bois que papa a sculptées lors de ses rares instants d'oisiveté.

C'était un ciel sans nuage d'après-midi. Un vent agréable est entré par la fenêtre alors que nous terminions de goûter.

– Aujourd'hui, nous allons déterrer les livres, a déclaré papa, comme s'il venait de s'en souvenir.

La surprise m'a fait avaler de travers et j'ai failli m'étouffer. Nous l'avons tous regardé.

– Après tout ce temps… Dans quel état vont-ils être ? a demandé ma mère.

– Peut-être un peu moisis. Nous les mettrons à sécher au soleil, a proposé Emiko.

Je me suis dépêchée de terminer mon assiette. Pourquoi étais-je aussi nerveuse ? C'était enfin le moment de retrouver nos livres ! C'était comme ouvrir un coquillage et voir ce qu'il y avait dedans.

Ma mère, tout animée, est allée passer un coup de chiffon sur l'étagère du salon, là où autrefois nous rangions les livres. Elle a regroupé les objets dans un coin pour leur faire de la place.

Sur le mur, dans le cadre, mes grands-parents souriaient. Un peu plus haut, sur l'autel, les dieux aussi devaient sourire.

– Yukio, viens m'aider, a appelé mon père.

Nous les avons rejoints au pied de l'avocatier. Yukio et papa ont commencé à creuser à la pelle, jetant la terre sur le côté. Nous ne pouvions pas détacher nos yeux du sol.

Les poules et les petits poussins sont arrivés, dans l'espoir d'avoir un festin de vers de terre.

Enfin la caisse est apparue, aussi sombre que la terre. Papa a soulevé le couvercle en bois. Il a fait une grimace en voyant l'intérieur. Nous avons tout de suite compris.

Il avait tellement plu, c'était impossible que les livres supportent toute cette eau… Papa s'est mordu les lèvres, a balancé la tête et a refermé la caisse. Et il l'a de nouveau recouverte de terre.

*

Un coquillage-cerisier ? Cela existait-il vraiment, ou seulement dans mon livre ? Tandis que je réfléchissais, je n'ai pas entendu la porte de ma chambre s'ouvrir. Je pensais qu'Emiko aidait mon père à nettoyer la magnanerie. Je me suis levée précipitamment de mon lit, le livre à la main. Allait-elle me gronder ? Ou être contente d'avoir au moins un livre à la maison ?

– Ah, toi aussi, tu en avais caché un ?

Je l'ai regardée sans comprendre.

– Je vais te montrer celui que j'avais gardé en secret..

Ma sœur a pris des ciseaux et a déchiré la doublure de son matelas. La paille est sortie brusquement. Emiko a plongé les mains dedans et en a retiré un paquet enroulé dans du panier journal, fermé par de la ficelle. Il était couvert de brins de paille. Elle l'a soigneusement nettoyé de la main, puis a défait les ficelles. Un vieux dictionnaire à la couverture noire, épaisse.

– Tu as vu ? On n'est pas près d'en retrouver un comme celui-ci !

– Papa le sait ?

– Peut-être. Je l'ai gardé car je savais qu'il s'en servait souvent. Il te sera très utile. Et le tien, fais voir ? Lequel as-tu caché ?

Je lui ai montré le livre, un peu inquiète de sa réaction.

– Celui-là ? Je ne le connais pas. Il était à maman ?

– C'est Mamie qui le lui avait offert. Elle allait me le donner quand je saurais lire.

– Et tu l'as lu ?

– Plusieurs fois.

– Tu as été sérieuse, Sayuri, m'a-t-elle dit, tout en recousant la grosse toile de coton d'où la paille s'échappait.

– Emiko… As-tu déjà vu un coquillage-cerisier pour de vrai ?

– Oui. Ce sont des coquillages rosés, tout petits. Ils ressemblent à des pétales de cerisier.

Alors, cela existait vraiment ? Un petit monde, comme l'avait expliqué notre professeur.

Quelques jours plus tard, j'ai découvert que chacun avait sa coquille. Des livres sont soudain apparus, de la chambre de mes parents, de la chambre de Yukio. Comme si les livres poussaient à l'intérieur de la maison…

FIN

*Je dédie ce livre à ma mère, qui lisait*
*tandis que dormaient les vers à soie.*

L.H.

Bonjour ! Je me présente : je suis Paula. C'est moi qui ai traduit ce livre, car son auteure, Lucia Hiratsuka, est brésilienne – elle l'a donc écrit en portugais du Brésil, sa langue. Comme Lucia ne parle pas français, c'est moi, la traductrice, qui ai fait passer ce livre d'une langue à une autre, du portugais au français.

Quand je traduis un livre brésilien, je m'imagine en train de construire un pont entre nos deux pays, le Brésil et la France… Grâce à la traduction, des peuples qui ne peuvent pas communiquer peuvent soudain se comprendre. Et toi, tu as pu lire un livre du Brésil !

*

## L'auteure, Lucia Hiratsuka

Lucia est brésilienne et née au Brésil, mais elle est d'origine japonaise, et cette double culture est très importante pour elle.

Elle a passé son enfance à la campagne, dans les environs de São Paulo. C'est là qu'elle a dessiné ses premiers rêves et a écouté les histoires de sa grand-mère japonaise.

Aujourd'hui, Lucia a quitté la campagne et habite à São Paulo, la plus grande ville du Brésil. Elle écrit et illustre des livres pour la jeunesse – elle a publié plusieurs dizaines de livres, dans plusieurs pays. Parfois, elle illustre aussi des livres pour les adultes.

Ses techniques de dessin préférées s'inspirent de ses racines japonaises. Elle utilise souvent le *sumi-ê*, le pinceau japonais, qui cherche à représenter l'essentiel avec une très grande simplicité. Elle aime aussi beaucoup la mine de crayon. C'est avec cela qu'elle a illustré *Les Livres de Sayuri*.

Tu trouveras plus d'informations sur Lucia Hiratsuka sur le site : www.anacaona-junior.fr

*

## Pour en savoir plus sur le Brésil à l'époque de Sayuri…

Quand Lucia a écrit *Les Livres de Sayuri*, elle s'est beaucoup inspirée de l'histoire de sa mère, à qui il est arrivé un peu la même chose qu'à Sayuri pendant la Seconde Guerre mondiale.

*

Tu dois savoir que le Brésil est un pays immense : pour te donner un exemple, la superficie du Brésil est de 8,5 millions de km$^2$, celle de l'Union européenne de 4,5 millions de $km^2$, et celle de notre petite France de… 0,6 million de $km^2$ !

Au début des années 1940, à l'époque où se passe l'histoire des *Livres de Sayuri*, le Brésil avait très peu d'habitants par rapport à sa taille, et avait encore des millions d'hectares de terres vierges à cultiver. En plus, le pays avait cruellement besoin de travailleurs pour ses fermes, et notamment ses plantations de café.

Et au Japon, il se passait exactement l'inverse : « le pays du Soleil-Levant » était surpeuplé, et les terres cultivables étaient rares.

Alors, à partir de 1908, des dizaines de milliers de Japonais se sont lancés dans l'aventure. Quitté leur pays pour tenter leur chance ailleurs : aux États-Unis, au Pérou… et également dans ce pays gigantesque nommé *Brasil*, où il était possible de cultiver sa propre terre et d'avoir sa propre ferme à force de travail, ou en tout cas, de vivre et travailler durement, mais dignement…

Après un voyage en bateau de deux mois (tu imagines ?), les Japonais posaient donc le pied sur cette terre tropicale. Quel choc ! Au début, ils ont eu beaucoup de mal à s'adapter au Brésil : tout était si différent du Japon ! Le climat, la langue, les habitudes alimentaires, le mode de vie, l'histoire et la culture… Beaucoup d'entre eux pensaient travailler quelques années, économiser l'argent gagné dans les plantations de café, et rentrer au Japon. En conséquence, ils furent nombreux à ne même pas prendre la peine d'apprendre la langue du Brésil, le portugais. Ils travaillaient et vivaient entre eux, ne parlant que japonais, célébrant leurs fêtes, leurs dieux... Comme ils vivaient pour la plupart à la campagne, ils se sont souvent regroupés en communautés isolées, où n'habitaient que des Japonais.

Garde également à l'esprit que le Brésil est gigantesque – et qu'autrefois il n'y avait pas d'autoroutes ou d'avions ! Les villages étaient très éloignés les uns des autres, et les occasions de rencontrer les autres communautés étaient rares – Brésiliens natifs, Afro-Brésiliens, ou autres immigrés venus comme les Japonais travailler dans ce pays à la terre si fertile : Allemands, Italiens, Espagnols, Libanais, Portugais…

Au début, les immigrés japonais travaillaient dans les champs de café, mais ils se sont rapidement lancés dans la culture du thé, du coton, du riz, des légumes… ou dans l'élevage des vers à soie, comme les parents de Sayuri ! Peu à peu, ils réussirent à acheter des terres, ils eurent des enfants… et la majorité d'entre eux resta au Brésil, qui devint leur pays, leur nouveau chez-eux.

Mais cela n'a pas été facile ! Car en plus de conditions de travail très dures, les Japonais ont dû affronter un racisme très fort. Ils étaient considérés comme des « inférieurs » par les autres Brésiliens ! Et la situation a empiré avec la Seconde Guerre mondiale.

*

## La Seconde Guerre mondiale

Tu dois le savoir : la Seconde Guerre mondiale a éclaté en Europe en 1939. Il y avait d'un côté l'Allemagne nazie, de l'autre les Alliés : la France, la Grande-Bretagne… Puis les Américains sont entrés en guerre en 1941 contre les nazis, à la suite d'une attaque des Japonais (ralliés aux Allemands). C'est ainsi que la guerre est devenue mondiale. Enfin, en 1942, le Brésil s'est rangé du côté des Américains et des Alliés, et a, à son tour, déclaré la guerre à l'Allemagne et donc au Japon...

J'imagine que beaucoup de Japonais du Brésil devaient être tiraillés entre les deux camps : leur pays d'origine, ou leur pays d'adoption.

Le gouvernement brésilien avait peur que les Japonais organisent des attentats. Et comme la police brésilienne ne comprenait pas la langue japonaise, la moindre activité semblait suspecte. Alors les écoles japonaises furent fermées, les journaux japonais interdits, les rares postes de radio confisqués. Les Japonais n'avaient plus le droit de circuler librement ou même de se réunir pour des fêtes ! Des milliers d'immigrés japonais furent ainsi emprisonnés, ou même expulsés du Brésil, suspectés, souvent à tort, d'espionnage ou de préparation d'attentats.

Pendant toute cette période, les Japonais du Brésil ne purent recevoir aucune lettre de leur famille restée au Japon. Tu peux deviner la souffrance que ce serait de rester plusieurs années sans aucune nouvelle de tes parents, etc. Et à la fin de la guerre, quand le courrier fut de nouveau autorisé, ils reçurent des nouvelles catastrophiques : le Japon avait été bombardé (tu as dû entendre parler des bombes atomiques lancées sur les villes d'Hiroshima et de Nagasaki). Il était dévasté, ruiné… Impossible pour la communauté japonaise de rentrer : elle allait devoir rester définitivement au Brésil.

*

Aujourd'hui, le Brésil compte près d'un million et demi de personnes d'origine japonaise ! C'est la plus grosse communauté de Japonais hors du Japon au monde. On appelle ces enfants, petits-enfants ou arrière-petits-enfants de Japonais immigrés les *Nikkei*. Lucia Hiratsuka, l'auteure des *Livres de Sayuri*, est donc une *Nikkei*.

Ainsi, l'histoire que tu as lue fait partie de l'Histoire : c'est du passé. Aujourd'hui, les Brésiliens, même à la campagne, ne vivent plus comme cela ; les descendants des Japonais non plus, et ils sont aujourd'hui très bien intégrés à l'ensemble de la société brésilienne. Mais tu peux considérer ce roman comme une sorte de témoignage sur la vie d'une fillette d'origine japonaise, au moment de la Seconde Guerre mondiale, dans la campagne brésilienne.

Tu trouveras plus d'informations et des photos autour du livre sur le site : www.anacaona-junior.fr

www.anacaona-junior.fr

Texte et illustrations : Lucia Hiratsuka

Correction : Marianne Stjepanovic-Pauly
Titre original : *Os livros de Sayuri* © Lucia Hiratsuka, 2008.
Graphisme de la collection & maquette : Catherine Lesnes

MINISTÉRIO DA CULTURA
Fundação BIBLIOTECA NACIONAL

Obra publicada com o apoio da Fundação Biblioteca Nacional
Œuvre publiée avec le soutien de la Fondation Biblioteca Nacional
ISBN : 978-2-918799-87-0

Achevé d'imprimer par Corlet, Imprimeur, S.A. - 14110 Condé-sur-Noireau
N° d'Imprimeur : 185169 - Dépôt légal : octobre 2016 - *Imprimé en France*